THE
BOOK
OF
CHINESE
NEW
YEAR

冯骥才 著

冯骥才谈人类文化遗产春节

过年书

作家出版社

目录

《过年书》说 ··· 001

年的感怀

过年 ··· 003
花脸 ··· 011
春节八事 ··· 017
年近思母时 ··· 023
年意 ··· 027
大年三十 ··· 030
除夕情怀 ··· 034

守岁	⋯ 038
沽上的年味	⋯ 042
年夜思	⋯ 047

年的沉思

年文化	⋯ 055
过年和辟邪	⋯ 061
终岁平安	⋯ 065
福字是最深切的春节符号	⋯ 068
大年三十,一家人抱团取暖	⋯ 072
团圆,春节的第一主题	⋯ 075
春节是怀旧的日子	⋯ 079
春节晚会是跛足的新民俗	⋯ 083
春运是一种文化现象	⋯ 086
春节最能讲好中国故事	⋯ 090

年的艺术

打树花	⋯ 097
天后宫剪纸	⋯ 102

拜灯山	··· 107
探访缸鱼	··· 114
守望在田野	··· 121
武强屋顶秘藏古画版发掘记	··· 126
大雪入绛州	··· 144
豫北古画乡探访记	··· 149
为未来记录历史	··· 166
临终抢救	··· 176

年的思辨

禁炮不如限炮	··· 183
大门上的福字不宜倒贴	··· 188
如何把年召唤回来	··· 191
年画退隐　剪纸登场	··· 198
应保持我们春节的仪式感	··· 208
春节假期应前挪一天	··· 211
除夕应当放假	··· 214
关于建议春节假期前挪一天的提案	··· 216
春节是中华民族最大的非遗	··· 218
春节申遗"知情同意证明"	··· 221
春节列入人类非遗意义非凡	··· 223

年的话语

淡淡年意深深情 ··· 231
人情味是最深的年味 ··· 238
春节，就是回到生命的原点—解乡愁 ··· 245
节日的情怀是不变的 ··· 248
春节正在遭遇的尴尬 ··· 251
年意淡化是文化的缺失 ··· 254
年文化纵横谈 ··· 258
春节是中华民族最具生活情感
　与生活理想的节日 ··· 266
何以春节？ ··· 271
理解春节文化，才能更好认识
　我们的民族 ··· 278

《过年书》说

近年来,我特别想编一本书,即《过年书》。因为我写了太多的关于年的文字,小说散文也好,随笔杂文也好。我是从农耕时代过来的人,对年的情怀和记忆太深。年是中国生活和文化中太陈太浓太烈太醇的一缸老酒,而且没有一个中国人没尝过。

也许为此,在上世纪社会开放、生活改弦更张,加上西风东渐,固有的传统便渐渐松散,年味发生淡化,我因而忧患,生活不能不知不觉失掉了这么美好的东西;如果我们真的失却了年的风俗,那就不仅仅是一顿年夜饭,而是几千年创造的各个地域千差万别灿烂缤纷的年文化,这里边还包裹着我们民族对团圆、慈孝、和谐、平安和幸福执着的精神追求。于是,我开始关切、思索、思辨、探究年的内涵、性质、意义、不可缺失的道理,写成文章,或向公众讲述;进而对一些重要的年俗如花会、窗花、年画等进行田野抢救;在各种与年相关的社会话题上发表意见，如春晚、春运、短信拜年、鞭炮等。我的本意是保护好和传承好传统的年文化。

另外还要做一件事，是为加强年的本身而努力。一是向国家建议除夕放假；除夕是年最重要的日子，不放假，就无法过好年；这个建议被政府采纳了。二是建议将春节申请为世界文化遗产。世界文化遗产是全人类的文化财富与历史经典。一旦被国际公认，列入世遗，将极大提高国人的文化自信，同时春节将成为全世界尊重与喜爱的节日。

为此，我写了许多文章、建议、提案，做了许多演讲，通过媒体表达出了我在这方面的思考与意见。近四十年来，写年、说年、谈年、论年，是我的工作的一部分。于是，我很想把它们汇编一起，看看年的当代兴衰与走向，也反省一下自己的行为是否得力。

一个意外的好消息——春节申遗成功——闯到我们的生活。多年的梦想成为现实！春节成为人类的文化瑰宝，一方面当之无愧，一方面喜出望外。而竟在此时，作家出版社约我编写此书，正合我意。知我者，作家出版社也。于是着手编辑修订，配图成书。

此书分五部分。第一部分是关于年的抒情散文；第二部分是所思所想；第三部分为前二十年民间文化抢救中有关年俗和"年艺术"的文章；第四、五部分是年的思辨、见解、建议，有文章、有演讲、有访谈。

我的关于年的各类文字总有数百篇，这里选五十篇，简而括之，只为了一种纪念。纪念自己与民族这个重大节日之间的精神性的故事；更是纪念春节列入世遗这件历史性和永恒性的盛事。

  由衷地祝愿，春节在中国和世界的现代文明中散发出更璀璨的光彩。让文明更文明。

2024 年 12 月 27 日

年的感怀

过年

儿时最快乐的日子是过年。

不同的人生境遇有不同的过年的滋味。穷苦的人在过年中自寻安慰，幸运的人过年享受幸福。然而，不管贫富，一般人儿时的年总还能无忧无虑，因为生活的愁苦都被大人藏在自己身上了。

天津这里的年是从厨房的灶龛摆上糖瓜就开始了，尽管离着大年三十还有二十多天，已经能够感受到一种熟悉的很大的快乐即将开始。虽然大人在给灶王摆供时特意留给了我两个小糖瓜，我还是更喜欢趁大人们不注意时，从灶王爷身前的碟子里偷一个糖瓜，尝一尝"偷吃禁果"的快乐。偷吃禁果是一种人性。

接下来，便是好戏一样样开始。

大人们用被单和旧报纸蒙盖屋中所有的家具，用头巾或一块布蒙住自己的脑袋，将鸡毛掸子或扫帚绑在竹竿前端，在屋顶上划来划去，清除边边角角的蜘蛛网和灰尘；跟着把所有窗子都擦得几乎看不见玻璃，好像伸手就能摸到窗外的景物。身居租界地的五大道的住户大多是四处迁来的移民，各地的风俗不同，有的地方不贴门神，吊钱只是天津本地盛行的年俗，所以五大道人家很少用门神吊钱。然而，家家户户的屋内却都贴上花花绿绿的年画。我小时候家里已经不贴杨柳青木版印制的年画了，都贴石印或胶印的年画。新式年画颜色更多，形象更立体；我最喜欢三国故事的年画，比如《三英战吕布》《草船借箭》《辕门射戟》等等。这喜好肯定与姥姥紧密相关。

最叫我兴奋的烟花爆竹，也是每个男孩子的最爱。由于鞭炮只能过年时放，一年只这几天，便爱之尤切。逢到年根，家里就从老城娘娘宫前的鞭炮市用三轮车拉来满满一车花炮，搬进一楼那间小小的茶室里，叫我的心儿激动得怦怦跳。在各种诱人的鞭炮和烟花中，最刺激人的是三种：一种是"足数万头"的钢鞭，长长的一包立在那儿，快和我一样高，响起来必须捂耳朵；还有一种名叫"八仙过海"的烟花盒子，只要点起来，各种烟花一连十多分钟；一会儿窜花，一会儿打灯，一会儿喷火，花样翻新，连绵不绝，叫人不肯眨眼；再一种是大金人，黄泥做的老寿星，很重很重，外边刷一道金，里边装满火药，头顶是药捻子，点着后，从老寿星光溜溜的头顶向上"呲花"，愈呲愈高，最高可以呲过楼顶，要上天了！

每到过年，娘娘宫有一条街是"鞭炮市"，红红地摆满烟花爆竹，像站满大兵，现在居然搬到我家里来！然而，大人们却把这小茶室的门锁得严严；我认为是防我，其实是不准任何人进去。那时男人们大多吸烟,怕把火带进去。

  这些花炮是在大年三十夜里放的。但每年大人都会给我一些特别的恩惠,几挂小鞭,黄烟带炮、地老鼠、呲花之类,允许我在院里放一放。我太淘皮,总要想些"坏点子",弄出一些恶作剧,比如把点着的几头鞭扔到鸡窝里,或者拴在猫尾巴上,有一年就把家中的老虎猫吓跑了再也没回来。长大后,我一直为我儿时有过虐猫的劣迹感到耻辱。

  对于孩子们,过年还有一件平时连想也不敢想的美事,就是无论怎么喊怎么叫怎么闹,大人也不管。不会训斥你,更不会打你。过年是神仙当家的特殊的日子,连父亲平日的一脸正经也给夺走了。过年只准笑、不准哭,不能吓唬孩子,更不能打孩子,所以这几天可以放开手脚地胡闹。我的奶妈对我说:"你要闹过头了,小心过了年跟你算总账!"果然,一年的初二,我在客厅耍一把木头做的"青龙偃月刀",耍过了劲儿,啪的把一个贵重的百蝶瓶打碎。父亲脸色都青了,但他居然忍下来没说我一句。可等过了年,赶到我淘皮惹祸的当口,把我狠打一顿,我感到了有几下是与百蝶瓶有关。

  过年虽然放纵孩子开心,大人们对自己却管得很严。无论谁都不准耷拉脸蛋子,人人满脸堆笑,嘴上总挂着各种吉祥话,碰到与丧气的字同音的话必须绕开说;白颜色的东西不能放在表面,窗户上只能贴红窗花;不能扫地;尤其三十晚上,所有屋里的灯全要开着,一直开到初一天亮。有时忘了关,初一白天还亮着。

  年夜饭必定要最丰盛,餐桌上一定要摆上宁波老家传统的

"冯家鸭",还有年糕汤、雪菜黄鱼、苔条花生,但都没让我流下口水,整整一天我都焦急地等着饭后那场爆竹烟花的"盛宴"。可是放花炮要等到子午交时,从下午到午夜是我一年中感觉最慢的时间,一次我悄悄去拨快壁炉上座钟的表针。大人们笑道:拨到十二点也没用,太阳还在天上呢!

燃放花炮是天津本地最疯狂的一项年俗。天津这里是码头,码头上争强好胜,无论人和事都是硬碰硬,天津人放炮要相互比拼,看谁放的炮大,谁放得多,谁放得胆大。这一较劲,鞭炮就疯了。五大道上的人家虽然是外地移民,但非官即商,官商都讲究排场,闹得愈大愈牛,而且官商都有钱,这一来五大道的花炮放得反而比老城那边还凶。

临近午夜时,随着外边的鞭炮声愈来愈响,大人们开始把花炮从茶室搬到后院,那场面有点像大战将临。我兴奋得跟着那些搬运花炮的大人从楼里跑进跑出,完全不管外边寒风刺骨。急得我的奶妈使劲把我往屋里拽,等到把长长的鞭炮在竹竿上拴牢,烟火盒子和大金人都搬上墙头,我和全家都趴在餐厅和客厅的窗台上,关了屋里的灯,一片比梦还灿烂的烟花世界呈现在眼前。我和姐姐妹妹们所有欢叫和惊叫都淹没在震耳欲聋的鞭炮的炸裂声中了。我现在还记得一家人被闪动的火光照亮的每一张带表情的脸。母亲似乎更关心我们脸上的表情。更叫我激动的是,我家的鞭炮声已经淹没在整个城市鞭炮惊天动地的轰响中。一个"年"的概念不知怎么深深嵌入我的心里,便是——普天同庆。我不知什么时候记住这个词儿,什么时候懂得其中的含义,反正现在明白了年的真正的理想。不能往下再

◎ 杨柳青古版年画《新年多吉庆　全家乐安然》

说了，再说就离开童年和五大道了。

年年夜里，我都不记得自己是怎么入睡的。反正一定是困得不行，用火柴棍儿也支不住眼皮时，便歪在那儿，叫奶妈把我背回屋，脱了衣服盖上被，呼呼大睡一觉睡到大天亮，睁开眼，一准一个红通通发亮的大苹果放在枕边。这是母亲放的。母亲年年夜里都会到我们兄弟姐妹屋里转一圈，每人枕边放一个大苹果，预示来年平平安安。

我的孩提时代还有一件幸福的事，是我有两个妈妈。一个自然是我的母亲，我的生母；另一个是我的奶妈。我和弟弟妹妹都不是母亲奶大的，母亲没奶，我们都是吃奶妈的奶。南方叫"奶娘"，北方叫"奶妈"。据说母亲坐着胶皮车到老城那边侯家后的老妈店去找奶妈，一眼相中我这个奶妈。我奶妈是河北沧州人，家里很穷，把自己刚生的孩子放在家，出来当奶妈赚钱养家。她长得结实，大胳膊大腿，像男人，皮肤黑又亮，奶水很足。母亲就把她带回来给我做奶妈。我家人都不知她姓什么叫什么，我小名叫"大弟"，都叫她"大弟妈"。她高兴这个称呼。我是我家第一个男孩儿，在那个时代，她似乎比我姐妹的保姆位高一等。

然而，我两个姐姐——大姐和二姐都漂亮可爱，得宠于父母，我这个"长子"的地位，也只是到了过年时候才显露出来。每年的年夜饭前，家里都要举行祭祖的仪式。这仪式在一楼一间方方正正的屋里进行。提前布置好的神佛像、祖先像、灵牌、香烛等等构成一种异样、肃穆又神秘的气氛。走进这祭祖房间的规矩极其严格，爷爷走在最前边，父亲排在第二，我居然第三；男先女后，母亲竟在我后边。我要事先换上必备的行头，小小的特制长袍马褂，脖挂银锁，头顶帽翅，帽正是一块绿松石，帽顶是锡制的瑞兽。在别人眼里我大概很可笑，可是祭祖时不能笑，想笑也得憋着。我倒觉得自己此时有点"非同小可"，大弟妈更觉得非同小可，她的眼睛兴奋得闪闪发亮。

她对我的爱有过于我的母亲，是不是与我吃她的奶有关？有时我想找母亲要的东西不好说，就对她说，只要一说，她立刻想办法给我弄到手。比如过年时的大炮——两响，这种炮孩子是不能放的。炮身上下两截，立在地上点燃，下半截先在地上炸开，上半截飞到空中再炸。这种炮很危险，点燃要手稳，躲闪要及时，不然就会被炸着。大人从不给我放。她却给我悄悄弄来一个，但不叫我摸。这炮属于我，却放在她的小柜门里，替我"藏"着，还不准我告诉别人。这是我和她一个共同而快乐的秘密。

原本说我断奶之后她就回沧州了，谁知断奶后她仍守在我家。是她舍不得我，还是母亲把我交给她才放心？

大概我四岁那年的年前，她忽然接到沧州那边来信，说她母亲闹眼病要瞎，要她马上赶回去。她匆匆忙忙收拾东西，走之前带我去一趟娘娘宫，在年集上给我买了好多好玩意儿。鱼灯啊、纸气球呀、花脸呀……每样东西我都喜欢得要命。

回到家中，她先从柜里拿出一个小纸包给我，这是她年年过年期间替我存起来的压岁钱，她叫我收好，然后拿起一个蓝布小包袱就要起程了。这时我紧紧抓着她衣襟，一直跟着她走到院中，她抹着泪对我说："大弟啊，妈妈不能陪你过年了，不过正月十五前我准回来、准回来……"她怕我哭，忽然从怀里摸出那个为我"藏"着的两响说："妈妈为你崩崩邪气。"说着把炮立在地上，划着火柴，但院里风大，没把炮点着就被吹灭；她凑上前再去点，没想到这炮药捻子太急，一点就炸了。在响声和火光中，只见她双手捂着脸，大家都以为她的脸被炸了，待她松开手,满脸污黑,我吓哭了。她忙说没事,叫我别怕,掏出手帕把脸擦净,朝我咧嘴笑,脑门上明显鼓出一个又大又亮的包。

在我的哭声中,她带着这个鼓鼓的包走了。

过了年,正月十五,她没有回来;转了一年也没回来,大家都认为她不再回来了,是一点消息也没有。

又一年大年三十夜里,家里人忽叫我到院里看一件东西。我打着灯笼去看,挨着墙根放着一个荆条编的小箩筐。家里人告诉我,这是我奶妈——大弟妈托人从乡下捎给我的。我听了,心儿陡然地跳快了,忙打开筐盖,用灯一照,一个又大又白又肥的东西,再看是个大猪头,两扇大耳,粗粗的鼻子,两个很大的鼻孔直对着我;雪白的脑门上点了一个枣儿大的红点儿,可爱极了……我不觉抬起头来,仰望着在万家烟花的辉映中反而显得黯淡了的寒空,心儿好像一下子从我身上飞走,飞啊,飞啊,飞到我那遥远的乡下的老妈妈的身边,扑在她那温暖的怀中,叫着她:"妈妈,妈妈——"

这是我童年过年最深刻的记忆了。

花脸

做孩子的时候,盼过年的心情比大人来得迫切,吃穿玩乐花样都多,还可以把拜年来的亲友塞到手心里的一小红包压岁钱都积攒起来,做个小富翁。但对于孩子们来说,过年的魅力还有更一层深在的缘故,便是我要写在这几张纸上的。

每逢年至,小闺女们闹着戴绒花、穿红袄、嘴巴涂上浓浓的胭脂团儿;男孩子们的兴趣都在鞭炮上,我则不然,最喜欢的是买个花脸戴。这是种纸浆轧制成的面具,用掺胶的彩粉画上戏里边那些有名有姓、威风十足的大花脸。后边拴根橡皮条,往头上一套,自己俨然就变成那员虎将了。这花脸是依脸型轧的,眼睛处挖两个孔,可以从里边往外看。但鼻子和嘴的地方不通气儿,一戴上,好闷,还有股臭胶和纸浆的味儿;说出话来,声音变得低粗,却有大将威武不凡的气概,神气得很。

一年年根,舅舅带我去娘娘宫前年货集市上买花脸。过年时人都分外有劲,挤在人群里好费力,终于从挂满在一条横竿上的花花绿绿几十种花脸中,惊喜地发现一个。这花脸好大,好特别!通面赤红,一双墨眉,眼角雄俊地吊起,头上边凸起一块绿包头,长巾贴脸垂下,脸下边是用马尾做的很长的胡须。这花脸与那些愣头愣脑、傻头傻脑、神头鬼脸的都不一样。虽然毫不凶恶,却有股子凛然不可侵犯的庄重之气,咄咄逼人。叫我看得直缩脖子,要是把它戴在脸上,管叫别人也吓得缩脖

◎ 清代末年天后宫院中的玩具摊

子。我竟不敢用手指它,只是朝它扬扬下巴,说:"我要那个大红脸!"

卖花脸的小罗锅儿,举竿儿挑下这花脸给我,龇着黄牙笑嘻嘻说:"还是这小少爷有眼力,要做关老爷!关老爷还得拿把青龙偃月刀呢!我给您挑把顶精神的!"说着从戳在地上的一捆刀枪里,抽出一柄最漂亮的大刀给我。大红漆杆,金黄刀面,刀面上嵌着几块闪闪发光的小镜片,中间画一条碧绿的小龙,还拴一朵红缨子。这刀!这花脸!没想到一下得到两件宝贝。我高兴得只是笑,话都说不出。舅舅付了钱,坐三轮车回家时,我就戴着花脸,倚着舅舅的大棉袍执刀而立,一路引来不少人瞧我,特别是那些与我般般大的男孩子们投来艳羡的目光时,使我快活至极。舅舅给我讲了许多关公的故事,过五关、斩六将,温酒斩华雄。边讲边说:"你好英雄呀!"好像在说我的光荣史。当他告我这把青龙偃月刀重八十斤,我简直觉得自己力大无穷。舅舅还教我用京剧自报家门的腔调说:"我——姓关,名羽,字云长。"

到家,人人见人人夸,妈妈似乎比我更高兴。连总是厉害地板着脸的爸爸也含笑称我"小关公"。我推开人们,跑到穿衣镜前,横刀立马地一照,呀,哪里是小关公,我是大关公哪!

这样,整个大年三十我一直戴着花脸,谁说都不肯摘,睡觉时也戴着它,还是睡着后我妈妈轻轻摘下放在我枕边的,转天醒来头件事便是马上戴上,恢复我这"关老爷"的本来面貌。

大年初一，客人们陆陆续续来拜年，妈妈喊我去，好叫客人们见识见识我这关老爷。我手握大刀，摇晃着肩膀，威风地走进客厅，憋足嗓门叫道："我——姓关，名羽，字云长。"

　　客人们哄堂大笑，都说："好个关老爷，有你守家，保管大鬼小鬼进不来！"

　　我愈发神气，大刀呼呼抡两圈，摆个张牙舞爪的架势，逗得客人们笑个不停。只要客人来，妈妈就喊我出场表演。妈妈还给我换上只有三十夜拜祖宗时才能穿的那件青缎金花的小袍子。我成了全家过年的主角。连爸爸对我也另眼看待了。

　　我下楼一向不走楼梯。我家楼梯扶手是整根的光亮的圆木。下楼时便一条腿跨上去，"哧溜"一下滑到底。这时我就故意躲在楼上，等客人来突然由天而降，叫他们惊奇，效果会更响亮！

　　初一下午，来客进入客厅，妈妈一喊我，我跨上楼梯扶手飞骑而下，呜呀呀大叫一声闯进客厅，大刀上下一抡，谁知用力过猛，脚底没根，身子栽出去，叭的巨响，大刀正砍在花架上一尊插桃枝的大瓷瓶上，哗啦啦粉粉碎，只见瓷片、桃枝和瓶里的水飞向满屋，一个瓷片从二姑脸旁飞过，险些擦上了；屋内如淋急雨，所有人穿的新衣裳都是水渍；再看爸爸，他像老虎一样直望着我，哎哟，一根开花的小桃枝迎面飞去，正插在他梳得油光光的头发里。后来才知道被我打碎的是一尊祖传的乾隆官窑百蝶瓶，这简直是死罪！我坐在地上吓傻了，等候爸爸上来一顿狠狠的揪打。妈妈的神气好像比我更紧张，她一下抓不着办法救我，瞪大眼睛等待爸爸的爆发。

就在这生死关头，二姑忽然破颜而笑，拍着一双雪白的手说道："好呵，好呵，今年大吉大利，岁（碎）岁（碎）平安呀！哎，关老爷，干吗傻坐在地上，快起来，二姑还要看你耍大刀哪！"

谁知二姑这是使什么法术，绷紧的气势霎时就松开了。另一位姨婆马上应和说："旧的不去，新的不来，不除旧，不迎新。您等着瞧吧，今年非抱个大金娃娃不成，是吧！"她满脸欢笑朝我爸爸说，叫他应声。其他客人也一拥而上，说吉祥话，哄爸爸乐。

这些话平时根本压不住爸爸的火气，此刻竟有神奇的效力，迫使他不乐也得乐。过年乐，没灾祸。爸爸只得嘿嘿两声，点头说："呵，好、好、好……"

尽管他脸上的笑纹明显含着被克制的怒意，我却奇迹般地因此逃脱开一次严惩。妈妈对我丢了眼色，我立刻爬起来，拖着大刀，狼狈而逃。身后还响着客人们着意的拍手声、叫好声和笑声。

往后几天里，再有拜年的客人来，妈妈不再喊我，节目被取消了。我躲在自己屋里很少露面，那把大刀也掖在床底下，只是花脸依旧戴着，大概躲在这硬纸后边再碰到爸爸时有种安全感。每每从眼孔里望见爸爸那张阴沉含怒的脸，不再觉得自己是关老爷，而是个可怜虫了！

过了正月十五，大年就算过去了。我因为和妹妹争吃撤下来的祭灶用的糖瓜，被爸爸抓着腰提起来，按在床上死揍了一顿。我心里清楚，他是把打碎花瓶的罪过加在这件事上一起清算，因为他盛怒时，向我要来那把惹祸的大刀，用力折成段，大花脸也撕成碎片片。

从这事，我悟到一个祖传的概念：一年之中唯有过年这几天是孩子们的自由日，在这几天里无论怎样放胆去闹，也不会立刻得到惩罚。这便是所有孩子都盼望过年深在的缘故。当然那被撕碎的花脸也提醒我，在这有限的自由里可得勒着点自己，当心事后加倍地算账。

1989年正月十六

春节八事

近来总有人问我个人怎么过年。我想不如写篇文字，谁问给谁看，省得说来说去重复自己。待提起笔来，忽想到清人李光庭在《乡言解颐》中写过的"新年十事"。"新年十事"写的是当时的风俗，我写的"春节八事"是个人过年的习惯。

一、郊区集市走一走

自上世纪八十年代末，年年腊月十五日起，都要到郊区逛逛农民的集市。农民集市有规定的日子，或逢三或逢五或逢七，各有所依，所以我每年所去的集市不一定相同，反正大多在城西静海、独流、杨柳青一带。为的是感染一下年的氛围和劲头。要说年味浓，还得到乡间。看着姑娘媳妇们挑选窗花，迎头差点撞上一位扛着猪头的兴冲冲的大汉，年的气息便扑面而来。

这几年常在外边考察，有时会错过腊月底逛城郊的集市。但在外边要是赶上车站成千上万民工回家过年，也会感受到年意的实实在在。

二、天后宫前转一转

天后宫一直是天津过年的中心。年的中心就是生活做梦的地方。近十余年，这里的剪纸空前兴盛，天津人脑筋活，手巧艺高，花样翻新，在年文化日渐淡薄之际，担当起点染年意的主角。故而每到腊月，我都会跑到宫前的大街上走走转转，挑选几张可意的剪纸，再买些这里的传统过年的用品如香烛绒花之类，把年的味道带回家中。

三、装点房间

年的氛围离不开装点。拿吊钱福字门花灯笼之类把房间里里外外一布置，年的架势就拉开了。记得在三十年前精神与物质都是最贫乏的时候，年根底下，下班回家，便会见到一卷花花绿绿的纸放在门槛前，打开一看，有剪纸楹联和吉祥图画，不用说，这是老友华非自写自画自刻自剪然后给我送上门来。他知道我这点年的情怀。

每逢此时，我还会把一些画挂在墙上。一是几幅珍藏多年的古版杨柳青年画。比如道光版的《高跷图》、咸丰版的《麟吐玉书》和《满堂富贵》等等，我喜欢从这些老画上感受昔日的风情。再有便是王梦白1927年画的《岁朝清供》。画面上边一株老梅桩，枝劲花鲜；下边一盆白描的水仙，笔爽色雅。长长一轴，画风清健，是其上品。有意味的是画上的题句："客况清平意自闲，生来淡泊亦神仙，山居除夕无他物，有了梅花便过年。丁卯除夕写此。王云梦白。"这幅画既有年的情致也有文人的追求，难得的是除夕之作，所以年年腊月都要高悬此轴，以此为伴，度过佳节。

四、备年货

每进腊月，友人们便笑道："大冯又忙年了。"年的心理是年货要备得愈齐全愈好，以寓来年的丰足。备年货时母亲是重点。母亲住在弟弟家，所以多年来一直要为母亲备足八样年货——送上。大致是玉丰泰的红绒头花，正兴德的茉莉花茶，还有津地吊钱，彰州水仙，宁波年糕，香烛供物，干鲜果品，生熟荤腥。母亲今年九十高寿，应让她尽享与寿同在美好的生活与年意。

五、祭祖

除夕之夜，祭祖是必不可少的。上世纪末去宁波老家省亲

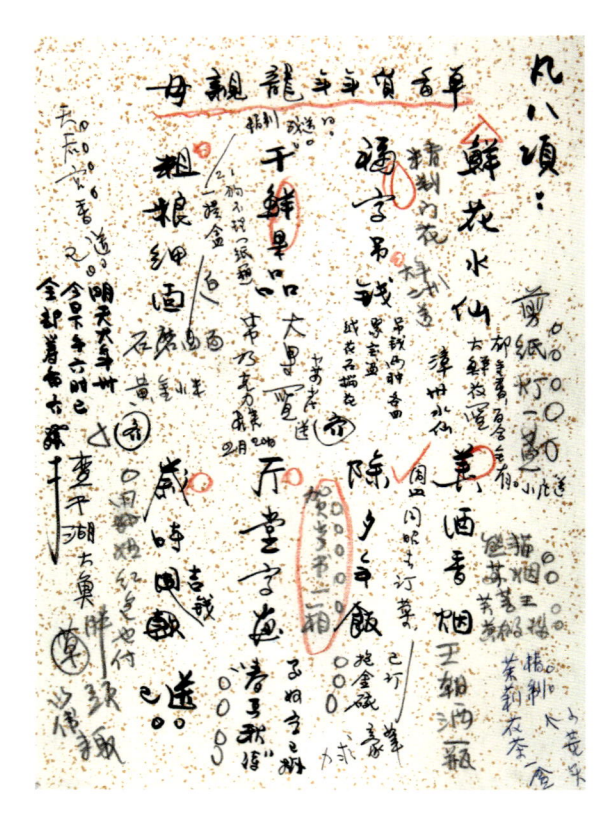

◎ 龙年（2012年）为母亲筹办年货的单子

时，同族的一位姐姐叫冯一敏赠我四幅祖宗像。画像是明代的，气象高古，人物极有性格，应是杰作，因使我能够跨越近六百年，得见先祖容颜。自此，年年都要悬挂这几幅祖先像，像前摆放供案，燃烛焚香，以示感恩之情。昔时，家中有一牌位，刻着"天地君亲师"五个字。时至今日，除去"君"已不必再拜。"天地""亲"和"师"还是要拜的。我们的生命受惠于它们呵。

所以年年除夕，祭拜天地师祖，必不可少。

六、写写画画

  从初一开始，至少有三四天是属于自己的。平时上门找我的，多为公事。此间放假没有公事，我个人的事——写写画画便像老朋友一般来到眼前。一时笔墨仿佛都会说话。这几年，一些篇幅长些的文章和大画都是这几天干出来的。当然我还得关掉手机和座机。这一来，一种清静的感受从眼前耳边直至心底，真像是"与世隔绝"，亦可称之为"关门即深山"。我还嘲笑自己"大隐于世"呢。

七、文人雅集

  每年初五，由老城区的政府做东，由我出面，邀集专攻津门地方历史文化的学者雅集一堂，这已成了津门文化界的一个"年俗"。南开区是津地本土文化最深切的地方，学者们自然乐意在此一聚。见面作揖，彼此拜年，谈古论今，快意非常。大家平时各忙各的，一年一度难得相见。这些"地方通"比方杨大辛、张仲、崔锦等等都是活的历史，近两年开始注意吸收年轻学者加入其中。历史文化总要代代传承。

八、接地气

逢到初六，我会到图书大厦或别的什么地方为读者签名。作家与读者既是被书本连接又是被书本隔开的知己。没有知己的作家无法成活。所以我每年初六都要为读者公开签名一次。签售的书是当年出版的新作，此外还有年年与《今晚报》文化部合作的"贺岁书"。是日，与热心读者相逢相见，签名留影，甚是亲切。有了读者，作家的心才踏实，故我称这种活动为"接地气"。往往签名一两个小时，直签得手腕酸软，心头却热烘烘。

随后就要带着这几天盈满心头的温暖的气息与年挥手告别。

前两天有记者问年该怎么过？我笑着反问，过年还用人教吗？我的答案是，从来年是有情日，谁想过年谁想辙。

2008 年元月

年近思母时

大年一天天地迫近，思母之情频频触动我心。

想念大多来自触景生情。

当甜甜、黏软、带着亮亮的枣儿的腊八粥进入口中，当朋友们寄来花枝、香茶、鲜果和种种应时的物品时，习惯的第一反应是，马上把其中最好最新鲜最招人喜欢的挑出来给老娘送去。哄老娘高兴，从来都是做儿子的事。可是我现在把它们送到哪里？自打今春，浩荡的人间已经不再有母亲，跟着便跌入一片有如此刻窗外的天地一样的空茫与寒凉。我懂得了，只有生离死别才是真正的人生之痛。一种无法挽回，一种绝情。这是我漫长的过年的经历中未曾有过的感受。大概以后年年此时，都会有这样伤痛的感触。

我和我长辈的人都把过年太当作一回事。每每在这岁月流转、辞旧迎新的日子，总要放上太多的心意：祈福、求安、祝愿，以及种种超现实的理想和如花一般的愿望。没人教过我，人人都是如此。年是潜在国人血液里的一种东西,一种文化心理与情感,一种基因,逢到岁时就要发作,就要"回家过年"。因而,在过往的八十年的每个除夕,铁定都要陪着母亲吃年夜饭。年夜饭绝非仅仅一顿丰盛好吃的晚餐;一家人团团围坐在一起,才是母亲的脸上闪出光彩而分外美丽的根由。

留在少儿时代的记忆中,每一个年都是从偷吃灶王龛上又甜又脆的糖瓜——那种"偷吃禁果"的快乐中开始的。由此,母亲带着一家人"忙年"——扫房、擦窗、贴春联、备年货便紧锣密鼓地开始了。百姓家的年不一定鸡鸭鱼肉,此刻人们的"年心理"是尽量把岁时的物品筹措齐全,似乎这寓意着来年的日子不会缺衣少食。这种"年心理"在我心中扎根很深,使我成家之后,逢到过年,都要帮母亲"忙年",想方设法备齐过年应用的物品。上世纪六七十年代生活艰难,一边是社会的物资的匮乏,一边是手头拮据,但也要用两头水仙、一小碗肉、一碟油炸花生、几条柳叶般的银鱼、半瓶酒和自书的福字热热闹闹地凑足了年的景象。然而,清贫从来不会减少年时人们心中的盛情。年的盛情是对生活的热望。为此,母亲留给我的许多深刻的笑容都是在这样贫瘠的年的背景上。到了母亲晚年,生活好起来了,逢到腊月,我都会写一个单子,把岁时必备的物品详细列出,然后按照单子给母亲一样样买来,一样样送去。之所以一样样送去,是为了要看到母亲一次次高兴的样子。直到大年之夜,岁货齐备,一样不缺,心里便有一种满足感甚至是"成就感"呢。这样一种早已成为内心与行为的方式,在母亲已然离去的世界里,会是怎样一种失落?

记得有一年腊月底,把从网上订购的一盒上好的茉莉花茶给母亲送去,一手还提着东北的朋友寄来的重重的一袋子大米。母亲心有感动,说了一句:"将来我要是没了,你怎么过啊!"她眼里忽然亮闪闪。

现在的情景不是叫她说中了吗。这几天,兄弟在微信中说:"往常这时候,你正三天两头往母亲家里搬年货。"

◎ 2023 年为母亲制水仙盆花

去年春节母亲住在医院,我给装了一小盆水仙摆在她床头的小桌上。圆形的朱金瓷盆,绿叶白花黄蕊,每株花茎的根部还依照习俗用一条细细的红纸条箍上,分外好看。医院里不能大事过年,便用这小小的岁时饰品,叫母亲感受人间温暖的年意,忘记身在医院。

如今,母亲这样的年也没有了。

我回复兄弟说:"我好像被解职在家,无事可做。我已经不知怎么过年了。"

那么母亲现在哪里,母亲肯定在天堂!然而天堂在哪里,天堂今夕是何年,那里也过年吗,过年的风俗也和人间一样吗?可是谁帮着我的老娘忙年呀。

癸卯腊月小年于津门

年意

年意一如春意或秋意，时深时浅时有时无。然而，春意是随同和风、绿色、花气和嗡嗡飞虫而来，秋意是乘载黄叶、凉雨、瑟瑟天气和凋残的风景而至，那么年意呢？

年意不像节气那样——宇宙的规律，大自然的变化，都是外加给人的……它很奇妙！比如伏天挥汗时，你去看那张传统而著名的木版年画《大过新年》，画面上风趣地描绘着大年夜阖家欢聚的种种情景，你呢？最多只为这民俗的意蕴和稚拙的版味所吸引，并不被打动。但在腊月里，你再去瞅这花花绿绿的画儿，感觉竟然全变了。它变得亲切、鲜活、热烈、火爆，一下子撩起你过年的兴致。它分明给了你以年意的感染。但它的年意又是哪来的呢？倘若含在画中，为何夏日里你却从中丝毫感受不到？

年年一喝那杂米杂豆熬成的又黏又甜味道独特的腊八粥，便朦胧看到了年，好似彼岸那样在前面一边诱惑一边等待了。

时光通过腊月这条河,一点点驶向年底。年意仿佛大地寒冬的雪意,一天天簇密和深浓。你想一想,这年意究竟是怎样不声不响却日日加深的?谁知?是从交谈中愈来愈多说到"年"这个字,是开始盘算如何购置新衣、装点房舍、筹办年货……还是你在年货市场挤来挤去时,受到了人们要把年过好那股子高涨的生活热情的传染?年货,无论是吃的、玩的、看的、使的,全都火红碧绿艳紫鲜黄,亮亮堂堂,生活好像一下子点满灯。那些年年此时都要出现的图案,一准全冒出来——松菊、蝙蝠、鹤鹿、老钱、宝马、肥猪、刘海、八仙、喜鹊、聚宝盆,谁都知道它们暗示着富贵、长寿、平安、吉利、好运与兴旺……它们把你围起来,掀动你的热望,鼓舞你的欲求,叫你不知不觉把心中的祈望也寄托其中了。祖祖辈辈不管今年的希望明年是否落空,不管老天爷的许诺是否兑现,他们照样活得这样认真、虔诚、执着与热情。唯有希望才使生活充满魅力……

当窗玻璃外冷冽的风撩动红纸吊钱敲打着窗户,或是性急的小孩子提前零落地点响爆竹,或是邻人炖肉煮鸡的芬芳窜入你的鼻孔,大年将临,甚至有种逼迫感。如果此时你还欠缺几样年货未有齐备,少四头水仙或二斤大红苹果,不免会心急不安,跑到街上转来转去,无论如何也要把这必备的年货买齐。圆满过年,来年圆满。年意原来竟如此深厚、如此强劲!如果此时你身在异地,急切回家;那一列列火车被返乡度年的人满满实实挤得变了形。你生怕误车而错过大年夜的团圆,也许会不顾挨骂、撅着屁股硬爬进车窗。年意还是一种着魔发疯的情绪!

不管一年里你有多少失落与遗憾，自艾自怨。但在大年三十晚上坐在摆满年饭的桌旁，必须笑容满面。脸上无忧，来年无愁。你极力说着吉祥话和吉利话，极力让家人笑，家人也极力让你笑；你还不自觉地让心中美好的愿望膨胀起来，热乎乎填满你的心怀。哎，这时你是否感觉到，年意其实不在任何其他地方，它原本就在你的心里，也在所有人的心里。年意不过是一种生活的情感、期望和生机。而年呢？就像一盏红红的灯笼，一年一度把它迷人地照亮。

1994年2月9日《今晚报》首发

大年三十

今天是大年三十——中国人一年生活中最重要的日子。为什么这么说?

在漫长的农耕社会,人们生活的节律与生产的节律是一致的,而生产的节律又与大自然的节律合拍。大自然以一年为一个周期,分作春夏秋冬,人们的生产便是春种夏养秋收和冬藏,这也是生活最主要的内容,因而也是一个生产和生活的周期和人生的一年。这个周期过去,下个周期来临,周而复始,循环不已。在前后两个周期、两个年之间有一个节点,就是大年三十。

人们每次站在这个节点——大年三十这一天,都会强烈地感受到四个字:除旧迎新。

不管将离我们而去的这一年,有多少喜悦、欢乐、幸运、遗憾、失算和痛苦,此刻都已经跑到身后,我们面对着驾驭着春风而来的新的一年。

过去的一岁是已知的、既定的、不可更改的；新来的一年是未知的、费猜的、难以预料的。所以，人们的年心理总是小心翼翼。这种心理反映在民俗上就是种种禁忌。忌哭，忌摔碎东西，忌说不吉利的话，其实是巴望着昨日的麻烦与不幸不在明天出现。故而中国人在这一天习俗中不断彰显的两个意念是辟邪与祈福。门神、钟馗、鞭炮、压岁（祟）钱等等皆与辟邪相关；福字、春联、烟花、灯笼、财神、蝙蝠、八仙、金鱼、石榴等等全都象征着对种种世间幸福的祈望。

习俗是一种被广泛认同、共同遵循与代代相传的精神方式。

这样，这个原本是大自然冬去春来的季节性的时间节点上，被注入了一种人间的精神理想。这种精神含着目标，理想充满浪漫，于是这一天就被创造出来了。

在靠天吃饭的农耕社会，生活不富裕，平时吃得差，穿得一般，过年这一天就非要新衣新鞋和鱼肉荤腥不可，哪怕辫子扎上"二尺红头绳"；平时一家人你在天涯我在海角，这一天便非要赶回家，把团圆的梦化为现实。生活被理想化了，同时理想也被生活化了。理想被拉到眼前，在大年三十成为现实，成为活生生的天伦之乐。究竟什么力量把这原本普普通通的一天如此神奇地放大。当然是年文化。中国的年文化有多厉害！

年文化不是哪一天建立起来的。它是数千年历史中不断创造、选择、约定俗成和不断加强出来的。它通过大量密集的民俗方式，五彩缤纷的节日包装，难以计数的吉祥图案，构筑起年的理想主义的景象。它既有视觉（颜色与图像）的、听觉（鞭炮与拜年的呼声）的、味觉（应时食品）的、又有嗅觉（香火和火药）的；它们占有了我们所有感官，直到心灵。我们创造的文化迷住了我们自己。由此我们懂得，真正的文化不在大轰大嗡的用金钱造势的文化节上，而是看它是否浸入人的心灵和血液中。看一看当今年年腊月里的春运就会感受到文化有多大力量。一亿多人加入到浩浩荡荡"回家过年"的春运队伍。除去春节和年文化，谁能调动起如此阵势的千军万马？这一刻，深深地感受到中华文化深刻地潜在我们的血液里，一年一度地发作一次。

回家就是为了大年三十。这一天意味着故乡、热土、父母、家园、血缘、根脉。这一天是人们创造的文化为自己规定的团圆的时刻。因此，这一天的文化氛围是激情、温馨、和谐与富足。

当然，生命也在这一天经历着特别的感受。

不管怎样兴致勃勃地打算着未来的一年，但毕竟要与眼前一点点失不再来的时光依依惜别，并开始与陌生的时光发生接触。中国人不像西方人那样倒计时地数着数字迎接新年，然后狂欢，而是静静地"守岁"。守着只有在这一段时间才能看见来去匆匆的生命时间的珍贵。你体会过唐太宗在《守岁》诗中"迎送一宵中"的感觉吗？

小时候大年三十午夜燃放鞭炮过后，守岁的大人们仍不见困意，孩子们却一个个挺不住了。我还跑到水管前，把凉水揉进不争气的疲软的眼皮。宋人苏轼不是也说"儿童强不睡"吗？那一刻会感到长夜无边的意味，随后便浑然不觉、流烟一样地进入了软软的梦乡。待一睁眼，第二天，也是新的一年的头一天，眼前一片闪闪发光，异常明亮，好像什么都是新的，包括空气。

时间有时也是空间。

当我们从旧的一年跨入新的一年，就像从一个空间走进另一个空间。这个崭新的空间又大又空，充满不曾使用过的时间。人们在这一瞬的期望是万象更新。

那时的孩子们会忽然看到一个又大又红的苹果摆在枕边，原是大人在年夜里悄悄放在这里的，香喷喷地散发着一种深切的祝福——终岁平安。

就这样，人生又一个大年三十已经留在记忆里了。

2011年2月1日

除夕情怀

除夕是一年最后一天,最后一个夜晚,是一岁中剩余的一点短暂的时光。时光是留不住的,不管我们怎么珍惜它,它还是一天天在我们的身边烟消云散。古人不是说过"黄金易得,韶光难留"吗?所以在这一年最后的夜晚,要用"守岁"——也就是不睡觉,眼巴巴守着它,来对上天恩赐的岁月时光以及眼前这段珍贵的生命时间表示深切的留恋。

除夕是中国人最具生命情感的日子。所以此时此刻一定要和自己有着血缘关系的亲人团聚一起。首先是生养自己的父母。陪伴老人过年,有如依偎着自己生命的根与源头,再有便是和同一血缘的一家人枝叶相拥,温习往昔,尽享亲情。记得有人说:"过年不就是一顿鸡鸭鱼肉的年夜饭吗?现在天天鸡鸭鱼肉,年还用过吗?"其实过年并不是为了那一顿美餐,而是团圆。只不过先前中国人太穷,便把平时稀罕的美食当作一种幸福,加入到这个人间难得的团聚中。现在鸡鸭鱼肉司空见惯了,团

◎ 年时家居一角

圆却依然是人们的愿望年的主题。腊月里到火车站或机场去看看声势浩大的春运吧。世界上哪个国家会有一亿人同时返乡,不都要在除夕那天赶到家去?他们到底为了吃年夜饭还是为了团圆?

此刻,我想起关于年夜饭的一段往事——

一年除夕，家里筹备年夜饭，妻子忽说："哎哟，还没有酒呢。"我说："我忙的都是什么呀，怎么把最要紧的东西忘了！"

酒是餐桌上的仙液。这一年一度的人间的盛宴哪能没有酒的助兴、没有醉意？我忙披上棉衣，围上围巾，蹬上自行车去买酒。家里人平时都不喝酒，一瓶葡萄酒——哪怕是果酒也行。

车行街上，天完全黑了，街两旁高高低低的窗子都亮着灯。一些人家开始年夜饭了，性急的孩子已经噼噼啪啪点响鞭炮。但是商店全上了门板，无处买到酒，我却不死心，无论如何也不能让这顿年夜饭没有酒。车子一路骑下去，一直骑到百货大楼后边那条小街上，忽见道边一扇小窗亮着灯，里边花花绿绿，分明是个家庭式的小杂货铺。我忙跳下车，过去扒窗一瞧，里边的小货架上天赐一般摆着几瓶红红的果酒，大概是玫瑰酒吧。踏破铁鞋终于找到它了！我赶紧敲窗玻璃，里边出现一张胖胖的老汉的脸，他不开窗，只朝我摇手；我继续敲窗，他隔窗朝我叫道："不卖了，过年了。"我一急，对他大叫："我就差一瓶酒了。"谁料他听罢，怔了一下，唰的拉开小小的窗子，里边热乎乎混着炒菜味道的热气扑面而来，跟着一瓶美丽的红酒梦幻般地摆在我的面前。

我付了钱，对他千恩万谢之后，把酒揣在怀里贴身的地方。我怕把酒摔了，然后飞快地一口气骑车到家。刚才把酒揣进怀里时酒瓶很凉，现在将酒从怀间抽出时，光溜溜的酒瓶竟被身体焐得很温暖。

当晚这瓶廉价的果酒把一家人扰得热乎乎，我却还在感受着刚才那位老汉把酒啪的放在我面前的感觉。他怎么知道我那时为年夜饭缺一瓶酒时急切的心情？很简单——因为那是人们共有的年的情怀。

于是我又想起，一年的年根在火车站上。车厢里人满为患，连走道上也人贴着人地站着。从车门根本挤不上去，有人就从车窗往里爬。我看一个年轻人，半个身子已经爬进车窗，车里的熟人往里拉他，站台上工作人员往外拽他。双方都在使劲，这年轻人拼命地往车里挣扎。就在这时候，忽然站台上的人不拉了，反倒笑嘻嘻把他推上去。我想，要是在平时，站台的工作人员绝不会把他推上去，但此时此刻为什么这样做？为了帮他回家过年。

年，真的是太美好的节日、太好的文化了。在这种文化氛围里，人人无需沟通，彼此心灵相应。正为此，除夕之夜千家万户燃起的烟花，才在寒冷的夜空中交相辉映，呈现出普天同庆的人间奇观。也正为此，那风中飘飞的吊钱，大门上斗大的福字，晶莹的饺子，感恩于天地与先人的香烛，风雪沙沙吹打的灯笼和人人从心中外化出来的笑容，才是这除夕之夜最深切的记忆。

除夕是中国人用共同的生活理想创造出来并以各自的努力实现的现实。

2008 年春节

守岁

一种昔时的年俗正在渐渐离开我们，就是守岁。

守岁是老一代人记忆最深刻的年俗之一，如今发生了变化——特别是城市人，最多是等到子午交时之际给亲朋好友打个电话发个短信拜个年，然后上床入睡，完全没有守岁那种意愿、那种情怀、那种执着。

我已不记得自己哪年开始不再守岁了，却深刻记得守岁那时独有的感觉。每到腊月底就兴奋地叫着今年非要熬个通宵，一夜不睡。好像要做一件什么大事。父母笑呵呵说好呵，只要你自己不睡着就行，绝没人强叫你睡。

记得守岁的前半夜我总是斗志昂扬，充满信心。一是大脑亢奋，一是除夕的节目多；又要祭祖拜天地，又要全家吃长长的年夜饭，最关键的还是午夜时那一场有如万炮轰天的普天同庆的烟花爆竹。尽管二踢脚、雷子鞭、盒子炮大人们是绝不叫我放的，但最后一个烟花——金寿星顶上的药捻儿，却一定由我勇敢地上去点燃。火光闪烁中父母年轻的笑脸现在还清晰记得。

待到燃放鞭炮的高潮过后，才算真正进入了守岁的攻坚阶段。大人们通常是聊天，打牌，吃零食，过一阵子给供桌换一束香。这时时间就像牛皮筋一样拉得愈来愈长了；瞌睡虫开始在脑袋喷洒烟雾。

无事可做加重了困倦感，大人们便对我说笑道：可千万不能睡呀。

我一边嘴硬，一边悄悄跑到卫生间用凉水洗脸，甚至独出心裁地把肥皂水弄到眼睛里去。大人们说，用火柴棍儿把眼皮支起来吧。

年年的守岁我都不知道怎么结束的。但睁眼醒来一定是在床上，睡在暖暖的被窝里。枕边放着一个小小的装着压岁钱的红纸包，还有一个通红、锃亮、香喷喷的大苹果。这寓意平安的红苹果是大人年年夜里一准要摆在我枕边上的。一睁眼就看到平安。

我承认，在我的童年里，年年都是守岁的失败者，从来没有一次从长夜守到天明。

故而初一见到大人时，总不免有些尴尬，尤其是想到头一天信誓旦旦要"今夜绝不睡"之类的话。当然，我也会留意大人们的样子，令我惊奇的是：他们怎么就能熬过那漫长一夜？

其实很简单，因为他们知道为什么守夜。可是守夜的道理并不简单。

后来我对守岁的理解，源自一个词是"辞旧迎新"。而首先是"辞"字。

辞,是分手时打声招呼。

和谁打招呼,难道是对即将离去的一年吗?

古人对这一年缘何像对待一位友人?

这一年仅仅是一段不再有用的时间吗?那么新的一年大把大把可供使用的时间呢?又是谁赐予我们的?是天地,是命运,还是生命本身?任何有生命的事物不都是它首先拥有时间吗?

可是,时间是种奇妙的东西。你什么也不做,它也在走;而且它过往不复,无法停住,所以古人说"黄金易得,韶光难留"。也许我们平时不曾感受时间的意义。但在这旧的一年将尽的、愈来愈少的时间里——也就是坐在这儿守岁的时刻里,却十分具体又真切地感受到时光的有限与匆匆?它在一寸一寸地减少。在过去一岁中,不管幸运与不幸,不管"喜从天降"还是留下无奈、委屈与错失——它们都已成为我们生命的一部分。在它即将离我们而去时,我们便有些依依不舍。所以古人要"守"着它。

守岁其实是看守住属于自己的时间与生命,表达着我们的生命情感。

然而,守岁这一夜非比寻常。它是"一夜连两岁,五更分二年"。因而,我们的古人便是一边辞旧,一边迎新。以"辞"告别旧岁,以"迎"笑容满面迎接生命新的一段时光的到来。新的一年是未知的,不免小心翼翼。古人过年要通宵点灯,为了不叫邪气暗中袭入;还给年画上所有形象都画上笑眼笑口,以寓吉祥。由于对未来的这种盛情,所以正月初一破晓"迎财神"的鞭炮更加欢腾。

于是,我们的年俗就这样完成岁月的转换,以"辞"和"迎"表达对生命的敬畏,以长长的守夜与天地一年一度的"天人合一"。

我们和洋人的文化真有些不同。洋人对新年只有狂欢,我们的心理似乎复杂得多,其情其意也深切得多。可是我们正在一点点离开这些。

这到底是因为农耕文明离我们愈来愈远,还是人类愈来愈强势无需在乎大自然了?

守岁渐行渐远。当然,我们不必为守岁而勉强守岁。民俗是一种集体的心愿,没有强迫。只盼我们守着这点对大自然和生命的敬畏吧。

2013 年 1 月 30 日

沽上的年味
——《天津卫过大年》代序

若说中国大城市的年味,首推应是津门。记得十年前的腊月三十,北京一些现代派画家硬拉我去参加他们的画展开幕式。我说,你们这些家伙为了反传统,专挑这个日子搞画展,叫我大年三十也过不舒坦。在那个画展上,清一色全是照猫画虎地克隆当代西方,以及肤浅又空洞地胡涂乱抹和装腔作势,叫我大倒胃口。从画展走出来,由于北京禁炮,街上只有平时那样的汽车喇叭声和人声;店铺也很少扎彩挂灯,几乎看不到任何年的气息。

我急着回家过年,驱车在高速路上疾驰。待车子过了廊坊,一种极其特殊的景象出现了——路上一辆车子没有。冬日的阳光把长长而笔直的公路照耀得像一条亮光光的河,居然还有几只麻雀远远地落在道路中央,待我的车子过去才惊慌地飞起来。很快我明白,人们都回到家里准备过年了。于是一种年的感觉袭上心头。

傍晚时车子下了高速，进入市区。街上车少人稀，一些店铺闭了门，提早下班，回去忙年；心急的孩子们已经开始呼呼嘣嘣点响了除旧迎新的鞭炮。天津人醉心于大红吊钱，即使搬入新居，一排排公寓房的玻璃窗上，依旧飘动着红艳艳的镂花剪纸……不知不觉间，那种一年一度年的情感又把我无声而温暖地抱住。

此地人自小就生活在这种年的气息里。那贴在门板上吹胡子瞪眼的门神，擦得几乎看不见的窗玻璃，祭祖时燃香的气味，奢侈至极的年夜饭，苦苦盼了一年的压岁钱，翻天覆地走街的花会，笑嘻嘻地作揖拜年，以及纷飞雪花中耀眼的红灯笼……使这些寒冷的日子热烘烘闪着光亮，使平日的种种不快化为乌有，并使来年总是朦朦胧胧含着希望。

每个人都有些难忘的故事，与年相关，被年记忆。

每个人家都有些老友故人，平日不见，一年一次穿着新衣走上门来。

年，就这样把生活中的情意串联下来，也把一种美丽的传统一遍遍地加深。

天津是个码头，码头的人心胜；天津是个商埠，商埠喜好人气儿；天津是个市井的城市，市井的人崇尚生活本身。于是这个华夏民族最大的生活盛典——年，便在这块宝地上得到滋养，加倍地放出光芒。

当整个社会跟着时代朝着现代工业文明转型之时，中国人到底是把年的文化拥在怀间，还是撇在一边任其冷落与衰微？

天津人似乎没有搭理这些争论与担忧,照旧有滋有味过大年。在各大城市一窝蜂地禁放鞭炮之时,天津依然故我,保持着自己城市的个性与传统。每逢除夕子午交时,仍旧是万炮升空,倾城同乐,一片祥瑞与欢庆。这就招致北京人纷纷开车来到天津过年瘾。

如今,沽上年的风情,已经传播四方,近十年里逢到腊月,中央电视台就要到天津来拍摄年俗。

去年敬一丹他们来天后宫前拍摄剪纸市场时,我指给她看一种邮票大小的剪纸和福字。凭着她记者的敏感,她对这小东西很感兴趣,却不知何用。我告诉她,这是专门贴在电脑上的。小小又鲜红的剪纸和福字往上一贴,年的意味便被点染出来。这是天津人的创造。天津人多有心,多主动,多能耐;他们设法让自己的年文化占领一切新生事物;同时让不断涌进生活的陌客融入自己不变的气息之中。

年,所要表达的就是一种生活情感。祖祖辈辈的天津人创造了大量的当地特有的年俗和年的物品,让高密度的年文化把自己围在中间,并营造出年的气氛,唤起对生活的热爱与珍惜。

在当前猛烈社会转型之际,年所受的冲击不可避免,年的传承遇到挑战。为此,本地的文化人自觉地承担起弘扬传统的使命,联合政府与媒体,举办一次次具有鲜明的沽上特色的民间花会、年画节、剪纸大赛、空竹表演,以及今年在宫前举行的盛大的灯谜活动。

在这里,由今晚报社发起,邀集本地文化学者和民俗专家,挖掘地方年俗,展示沽上传统,为世人奉上一部津门年文化的

◎ 自2004年起，每年帮助《今晚报》做一本"贺岁书"，取材本土民俗文化与年文化，以增添年意，受到读者的欢迎。前后十二年，整整生肖一轮

图文大观。这些学者与专家中，有老天津通，有青年学人，一样都对本地文化心怀挚爱。去年他们曾经一起合作过《六百年的天津》，那本书中宽阔的文化视野、渊博的才识和精美的图文方式，引起公众颇大的兴趣。那本书也成为津城六百年纪念时尊贵的礼品。此次再度合作则是致力于周全和翔实地展现沽上的年文化。从年的种种礼仪、规制、讲究、禁忌到生活中一切特有的年方式，几乎应有尽有，没有疏漏，全部包揽。这些年俗，有些至今传用，有些中断已久，作者娓娓道来，为了使

我们在饶有兴趣地温习传统中,从文化情感上与先人接通那条缤纷的文脉。

在这金犬唱春之时,祈望本书能给我们带来许多乐趣与知识,也让外地人了解到天津这里一份厚重又迷人的年文化。

且为序。

2005 年 12 月 30 日

年夜思

　　民间有些话真是意味无穷，比如"大年根儿"。一年的日子即将用尽，就好比一棵树，最后只剩一点根儿——每每说到这话的时候，便会感受到岁月的空寥，还有岁月的深浓。我总会去想，人生的年华，到底是过一天少一天，还是过一天多一天？

　　今年算冷够劲儿了。绝迹多年的雪挂与冰柱也都奇迹般地出现。据说近些年温温吞吞的暖冬是厄尔尼诺之所为；而今年大地这迷人的银装素裹则归功于拉尼娜。听起来，拉尼娜像是女性的称呼，厄尔尼诺却似男性的名字。看来，女性比起男性总是风情万种。在这久违的大雪里，没有污垢与阴影，夜空被照得发亮，那些点灯的窗子充满金色而幽深的温暖。只有在这种浓密的大雪中的年，才更有情味。中国人的年是红色的，与喜事同一颜色。人间的红和大自然的银白相配，是年的标准色。那飞雪中飘舞的红吊钱，被灯笼的光映红了的雪，还有雪地上一片片分外鲜红的鞭炮碎屑,深深嵌入我们儿时对年的情感里。

旧时的年夜主要是三个节目:一是吃年饭,一是子午交接时燃放烟花爆竹,一是熬夜。儿时的我,首先热衷的自然是鞭炮。那时我住在旧英租界的大理道。鞭炮都是父亲遣人到宫北大街的炮市上去买,用三轮运回家。我怀里抱着那种心爱的彩色封皮的"炮打双灯",自然瞧不见打扮得花枝招展而得意扬扬的姐姐和妹妹们。至于熬夜,年年都是信誓旦旦,说非要熬到天明,结果年年都是在噼噼啪啪的鞭炮声里,不胜困乏,眼皮打架,连怎么躺下、脱鞋和脱衣也不知道。早晨睁眼,一个通红的大红苹果就在眼前,由于太近而显得特别大。那是老时候的例儿,据说年夜里放个苹果在孩子枕边,可以保平安。

在儿时,我从来没把年夜饭看得特别非凡。只以为那顿饭菜不过更丰盛些罢了。可是轮到我自己成人又成家,身陷生活与社会的重围里,年饭就渐渐变得格外的重要了。

每到年根儿,主要的事就是张罗这顿年饭。七十年代的店铺还没有市场观念。卖主是上帝。冻鸡冻鸭以及猪头都扔在店门外的地上。猪的"后座"是用铡刀切着卖;冻成大方坨子的带鱼要在马路上摔开。做年饭的第一项大工程,是要费很大的力气把这些带着原始气息的荤腥整理出来。记忆中的年饭是一碗炖肉、两碟炒菜,还有炸花生、松花蛋、凉拌海蜇和妻子拿手的辣黄瓜皮——当然每样都是一点。此外还有一样必不可少的,那是一只我们宁波人特有的红烧鸭子,但在七十年代吃这种鸭子未免奢侈,每年只能在年饭中吃到一次。这样一顿年饭,在当时可以说达到了生活的极致。几千年来,中国人的年饭一直是中国社会经济状况的最真实的上限的"水位"。我说的中国人当然是指普通百姓，绝不是官宦人家。年的珍贵，往往就是因为人们把生活的企望实现在此时的饭桌上。那些岁月，年就是人生中一年一度用尽全力实现出来的生活的理想呵！平日里把现实理想化，过年时把理想现实化。这是中国人对年的一个伟大的创造。

然而，这年饭还有更深的意义。由于年饭是团圆饭。就是这顿年饭，召唤着天南海北的家庭成员，一年一次地聚在一起。为了重温昨日在一起时的欢乐，还是相互祝愿在海角天涯都能前程无碍和人寿年丰？此刻杯中的酒，碗里的菜，都是添加的一种甜蜜蜜的黏合剂罢了。那时，父亲在世，年年都去他家，钻进他的阴暗的小屋，陪他吃年饭。他那时挨整，每天的惩罚是打扫十三个厕所，冬天里便池结冰，就要动手去清理。据说"打扫厕所就是打扫自己脑袋里的思想"。于是我们的年饭就有了另一层意愿——叫他暂时忘了现实！可是我们很难使他开心地笑起来。有时一笑，好似痉挛，反倒不如不笑为好。父亲这奇特而痛苦的表情就被我收藏在关于年的记忆中，每年的年夜都会拿出来看一看。

旧时中国人的年，总是要请诸神下界。那无非是人生太苦，想请神仙们帮一帮人间的忙。但人们真的相信有哪位神仙会伸手帮一下吗？中国人在长期封建桎梏中的生存方式是麻痹自己。1967年我给我那时居住的八平方米的小屋起名字叫"宽斋"。宽是心宽，这是对自己的一种宽慰；宽也是从宽，这是对那个残酷的时代的一种可怜的痴望。但起了这名字之后我的一段生活反倒像被钳子死死钳住了一样。记得那年午夜放炮时,炸伤了右手的虎口,以致很长时候不能握笔。

我有时奇怪,像旧时的年,不过吃一点肉,放几个炮,但人们过年怎么会有这么大的劲头?那时没有电视春节晚会,没有新春音乐会和新商品展销,更没有全家福大餐。可是今天有了这一切,为什么竟埋怨年味太淡?我们怀念往日的年味,可是如果真的按照那种方式过一次年,一定会觉得它更加空洞乏味了吧!

我想,这是不是因为我们一直误解了年?

我们总以为年是大吃大喝。这种认识的反面便是,有吃有喝之后,年就没什么了。其实,吃喝只是一种载体,更重要的是年赋予它的意义。比如吃年饭时的团圆感、亲情、孝心,以及对美好未来的希冀与祝愿。正为此,愈是缺憾的时候,渴望才来得更加强烈。年是被一种渴望撑大的。那么,年到底是精神的,还是物质的?当然它首先是精神的!它绝不是民族年度的服装节与食品节。而是我们民族一年一度的生活情感的大爆发,是以家庭为单位的大团聚,是现实梦想的大表现。正因为这样,年由来已久;年永世不绝。只要我们对生活的向往与追求紧拥不弃,年的灯笼就一定会在大年根儿红红地照亮。

写到此处,忽有激情迸发,奔涌笔端,急忙展纸,挥笔成句,曰:

玉兔已乘百年去,
青龙又驾千岁来;

> 风光铺满前程地,
> 鲜花随我一路开。

一时写得水墨淋漓,锋毫飞扬,屋内灯烛正明,窗外白雪倍儿亮。心无块垒,胸襟浩荡是也。

庚辰春节于津门醒夜轩

年的沉思

年文化
——文化的忧患之十一

在中国民间,最深广的文化,莫过于"年文化"了。

西人的年节,大致是由圣诞到新年,前后一周;中国的旧历年(现称"春节")则是早早从吃一口那又黏又稠又香又热的腊八粥时,就微薄地听到了年的脚步。这年的行程真是太长太长,直到转年正月十五闹元宵,在狂热中才画上句号。算一算,四十天。

中国人过年,与农业关系较大。农家的事,以大自然四季为一轮。年在农闲时,便有大把的日子可以折腾;年又在四季之始,生活的热望熊熊燃起。所以,对于中国人来说,过年是非要强化不可的了。或者说,年是一种强化的生活。

这样,一切好吃好穿好玩以及好的想法,都要放在过年上。平日竭力勤俭,岁时极尽所能。缘故是使生活靠向理想的水平。过年是人间生活的顶峰,也是每个孩子一年一度灿烂的梦。

世界上每个民族都有自己的崇拜物。那么中国人崇拜什么？崇拜太阳？崇拜性？崇拜龙？崇拜英雄？崇拜老子？崇拜男人？崇拜祖先？崇拜皇帝和包公……非也！中国人崇拜的是生活本身。"过日子"往往被视为生存过程。在人们给天地三界诸神众佛叩头烧香时，并非信仰，亦非尊崇，乃是企望神佛降福人间，能过上美好又富裕的生活。这无非借助神佛的威力，实现向往；至高无上的仍是生活的本身。

在过年的日子里，生活被理想化了，理想也被生活化了。这生活与迷人的理想混合一起，便有了年的意味。等到过了年，人们走出这年所特有的状态，回到生活里，年的感觉也随即消失，好似一种幻觉消散。是啊，年，实际是一种努力生活化的理想，一种努力理想化的生活。

于是，无论衣着住行，言语行为，生活的一切，无不充溢着年的内容、年的意味和年的精神。且不说鞭炮、春联、福字、年画、吊钱、年糕、糖瓜、元宵、空竹、灯谜、花会、祭祖、拜年、压岁钱、聚宝盆等等，这些年的专有的物事；打比方，单说饺子，原本是日常食品，到了年节，却非比寻常。从包饺子"捏小人嘴"到吃"团圆饺子"，都深深浸染了年的理想与年的心理。

而此刻，瓶子表示平安，金鱼表示富裕，瓜蔓表示延绵，桃子表示长寿，马蜂与猴表示封侯加官，鸡与菊花都表示吉利吉祥……生活中的一切形象，都用来图解理想。生活敷染了理想，顿时闪闪发光。

对于崇拜生活的民族来说，理想是一种实在的生活愿望。

生活中有欣喜满足,也有苦恼失落;有福从天降,也有灾难横生。年时,站在旧的一年的终点上,面对一片未知的生活,人人都怀着这样的愿望:企盼福气与惧怕灾祸。于是,千百年来,有一句话,把这种"年文化心理"表现得简练又明确,便是:驱邪降福。

这样,喜庆、吉祥、平安、团圆、发财、兴隆、加官、进禄、有余、长寿等等年时吉语,便由此而生。这些切实的生活

◎ 腊月底,年意深浓之时

愿望，此刻全都进入生活。无处没有这些语言，无处不见这些吉祥图案。一代代中国人，还由此生发出各种过年方式，营造出浓浓的年的环境与氛围。长长四十天，天天有节目，处处有讲究，事事有说法，这色彩与数字都有深刻的年的内容，这便构成了庞大、深厚、高密度的年文化。

年是自然的，年文化是人为的。它经过精心安排。比方，年前一切筹备的目标都是家庭，人也往家里奔，年夜大团圆的合家饭是年的最高潮；过了年，拜年从家庭内部开始，到亲戚，再到朋友，逐步走向社会；到了正月十五闹元宵，就纯属社会活动了。这年的行为趋势，则是以家庭为核心，反映了对家庭幸福的企望与尊爱。

年文化又是极严格的。它依照自己特定的内涵，从生活中寻找合适的载体。拿物品来说，苹果代表平安，自然就成为年节走红的礼品；梨子有离别意味，在岁时便被冷落一旁；年糕可以用来表示高高兴兴，它几乎成了年的专利品；而鞋与"邪"字谐音，便在人们口中尽量避免提及。年，就这样把它可以利用的一切，都推到生活的表面，同时又把自己深在的含意凸现出来。故而，年文化十分鲜亮。

浓浓的年文化，酿出深深的年意年味。中国人过年追求这种年意与年味，当然也就去加强年文化了。

中国人对生活的态度十分有趣。比如闹水的龙和吃人的虎，都很凶恶。但在中国的民间，龙的形象并不可怕，反而要去耍龙灯，人龙一团，喜庆热闹；老虎的形象也不残暴，反被描绘得雄壮威武，憨态可爱，虎鞋虎帽也就跑到孩子身上。通过这种理想方式，生活变得可亲可爱。同样，虽然生活的愿望难以成真，但中国人并不停留在苦苦期待上，而是把理想愿望与现实生活拉在一起，用文化加以创造，将美丽而空空的向往，与实实在在的生活神奇地合为一体。一下子，生活就变得异样的亲近、煌煌有望和充满生气了。这也是过年时我们对生活一种十分特别又美好的感觉。

这一切都源于中国人对生活的崇拜。

中国人不把理想与现实分开，将理想悬挂云端，可望而不可即；而是把物质的和精神的生活视为一体，相互推动，相互引发，用生活追求愿望，用愿望点燃生活，尤其在新春伊始，企望未来之时，这种生活观被年文化发挥得淋漓尽致和无限迷人。

一代代中国人就这样，对年文化，不断加强，共同认同，终于成为中国人一股巨大亲和力和凝聚力之所在。每一次过年，都是一次民族文化的大发扬，一次民族情结的加深，也是民族亲和力的自我加强。于此，再没有别的任何一种文化能与年文化相比。

年文化是与民族共存的文化。

然而，应当承认，年文化受到空前猛烈的冲击。原因是多方面的：

一是西方文化的冲击。现在中国人的家庭中，年轻人渐渐成为一家之主，他们对闯入生活的外来文化更有兴趣。二是人们的社会活动和经济行为多了，节日偏爱消闲，不愿再遵循传统的繁缛习俗。三是年文化的传统含意与现代人的生活观念格格不入。四是年画、鞭炮、祭祖等方式一样样从年的活动中撤出；有一种说法，过年只剩下吃合家饭、春节电视晚会和拜年三项内容，而拜年还在改变为电话拜年，如果春节晚会再不带劲，真成了"大周末"了。

没有年意了！没有年味了！恐怕这是当代中国人一种很深的失落，一种文化的失落。

可是，当我们在年前忙着置办年货时，或者在年根底下，在各地大小车站，看着成千上万的人，拥挤着要抢在大年三十回到家中——我们会感到年的情结依然如故，于是我们明白，真正缺少的是年的新的方式与新的载体。

是我们自己把年淡化了。

如今，春节已是一半过年，一半文化。但由于长久以来，一直把年文化当作一种"旧俗"，如今依旧不能从文化上认识年的精神价值，所以在年日渐淡薄之时，我们并无忧虑。难道只有等待社会文明到了相当程度，才会出现年的复兴？

复兴不是复旧，而是从文化上进行选择与弘扬。现在要紧的是，怎样做才能避免把传统扔得太快。太快，会出现文化上的失落与空白，还会接踵出现外来文化的"倒灌"和民族心理的失衡。

建设年文化，便是一个太大的又不容忽视的文化工程。

1996 年 2 月

过年和辟邪

每到年根底下,有两种心理从中国人的心中油然而生:一曰祈福,一曰辟邪。这心理随着年意日深,愈加浓郁地散布在年的行为和年的装点中。其实,年俗的意蕴,无非就是祈福与辟邪这两个内容。为此民间年画中的门神便分为两种:一是手执兵器以辟邪的武门神,一是托举财宝以迎福的文门神。

祈福,就是祈求富余发财,家安事顺,功业兴旺,一切生活和社会的欲望得到满足;辟邪,就是避免灾祸、疾病和不测风云。这是人类有生以来和有史以来两个最基本的愿望。祈福是一种对人间的要求,辟邪却是对自身命运的企望。看来辟邪是第一位的,人不康乐,钱多何用?所以有句俗话说:平安即是福。

在遥远的缺乏科学的古代,人们对天灾人祸和自身疾病不能预知,也不能违抗,便把这些灾难当作邪魔作怪。中国是个农业国,一年四季,春耕秋收,循环往复,过年是新的一轮的

◎ 古代以门神迎福辟邪，此为清代早期川北一带画在门上的门神

开始，每逢此时总是对未来充满憧憬，祈福与辟邪也就来得分外强烈。年俗中，燃鞭放炮有驱魔吓鬼之意，吃饺子含有"送祟"之心，守夜时灯火通明，为了不叫妖邪在阴暗处藏身……今人斥之为迷信，这也过分简单。古人在那样的科学水平上，对危害他们的事物不能明白根由，更无从把握，只能想象出"万物有灵"，并幻想出可怕的妖魔来。世界上各民族古老而狰狞的面具，不都是用来驱妖降魔的吗？而今天人类的科学对世界万

物又能解释多少？为什么人类能把火箭送到木星上，却不能制造出一只小小的能爬的蚂蚁？生命之谜依然不能破解！如今，地震无法预报，天气不能左右，不治之症依旧时时处处成为人的恶性的主宰。往往事情轮到自家头上，一种命运感连同祈福与辟邪这两个古老的愿望，便深刻地潜入心底。只要生命之谜和宇宙之谜存在，人们总会沉湎于这种自慰的心理氛围中。

在中国人眼里，邪气属阴，必以阳刚退之。比如，年俗中惯用大红色，大红即表示火热吉庆，又代表炽盛的阳气，用以辟除妖邪。再比如，辟邪的图画一概是刚正不阿、威猛难挡的阳刚形象。例如忠义千古的关公、勇猛骁强的秦叔宝和尉迟敬德、法力无边的姜太公和张天师，以及吃鬼的钟馗和挟弹射天狗的张弓。最常见用来辟邪的动物是雄鸡和猛虎。在民间的传说中，雄鸡吃五毒，猛虎食恶鬼。这样的门神贴在大门上，一派凛然之气，邪魔不逐自退。有趣的是，在民间画师的笔下，这些猛禽猛兽既威武雄壮，又娇憨可爱。比如陕西凤翔有幅古版门画《镇宅神虎》，一条大虫，目瞪如灯，张牙舞爪，极是猛悍，然而在它身旁那只小虎犊却淘气地模仿着它的神气，一边还晃头扬足，向它撒娇，于是画面就生出一番亲切，与过年所需要的吉庆气氛取得一致。辟邪的虎，只吓鬼而不吓人，中国民间玩具中的布老虎，以及孩子们头上戴的虎头帽和脚上穿的虎头鞋，都是这样。中国人往往把伤人的猛兽画得可以亲近，这造成心理的祥和与安全感。龙掌管着雨水和洪水，狮子是万兽之王，天下无敌，中国人过年时却拿它们出来耍一耍，这就可以减轻平时对它们的畏惧，还可以借助其威，驱逐邪魔。这

◎ 四川绵竹填水脚门神《副扬鞭》

不仅表明中国人对大自然的主动性，对环境的融合精神和对生活的热情，以及乐观和幽默，还显示了中国人"天人合一"这最高境界的宇宙观。

甲戌腊月二十三于津门

终岁平安

每逢年至，心中的期望便明显起来。大概由于中国自古是农业国，生活以春耕秋收为一年，为一轮的始终。年，既是上一轮的终结，又是下一轮的起始。这样，年的心理，自然充满了超越去年而向往美好的生活期待。

那大地上的白雪不也埋藏着绿色的梦吗？

人们向新的一年要什么？看一看年时的吉祥图案，听一听年时的吉言吉语，都是清清楚楚、明明白白：丰收、圆满发财、晋升、长寿、兴旺……人们把这一切统统称为"福气"。福，就是好事喜事美事成功的事；祈福，也就是巴望这好事不期而至、接踵而至、源源而至了……

于是，祈福的心理，自然是炽热的、急切的、浪漫的、狂想的。用夸张和膨胀的向往填满一时的欲求，那便是常见的"日进斗金""黄金万两""见面发财""连升三级"，等等。可以说，把现实与期望混在一起，就是年的魅力。

人的愿望总是以现有的状况为基点。有了钱，希望更有钱；有了地位，盼望不断擢升。所以，这种"日进斗金"一类的豪言壮语，自古都是来自都市中的金钱大腕儿们。在民间，百姓们的祈福却更接近生活的本身、理性和务实。他们知道生活不会大红大紫，没有变龙变凤的奢望。因此，盼个日子兴旺之外，所追求的倒是一个非物质的字眼：平安。

千百年来，他们给关公、妈祖、观音、火神、药王，乃至眼光娘娘、五大仙等等叩头烧香，不都是为了一个平安吗？你也许会说，那时科学落后，百姓愚昧，不知万事的缘由，故此才祈求神灵。然而，天灾人祸，不治之症，在科学发达的今天不是也一样时时处处地发生？一旦陡生意外，那飞黄腾达的生活狂想顿时消散，金钱变成无用之物。于是对生活的期望便扎扎实实地回到现实中来。平安，原是生活第一位的幸福；也是一切世间好事最切实、最基本的落脚处。

在古代，百姓们不识文字，心情的表达与文化的传播，一靠语言，二靠图像。中国人既智巧，又风趣，最善于给自己的生活增添情致；常常用语言中字的谐音，借图像以表其意。瓶子的"瓶"与平安的"平"谐音，又易引发对佛家宝瓶和道家甘露瓶的联想，便用来征兆平安与吉祥。各种各样的华美的瓶子就出现在年的图案中了。将瓶子配以爆竹，便是"竹报平安"；配以如意，便是"平安如意"；配以四季花卉，便是"四季平安"；配以各样物事，便是"岁岁平安"。

由于风云祸福，变幻难测，平安不在任何人的把握之中，命运的威胁在心灵深处隐隐不安，对平安的祈祷便来得深切又衷心。倘无平安，何福之有？倘得平安，人生何求？繁衍了五千年的中国人，悟到了生活的真谛，于是说出一句意味深长的话：平安便是福！

这样，每至年深，展望未来，不管口中吉语多么缤纷辉煌，内心深处却企盼着逢凶化吉，消灾祛病，化危为安；对自己也对别人，深深道上一句：终岁平安！

1996 年 3 月

福字是最深切的春节符号

每年最冷的日子里,当那种用墨笔写在菱形的红纸上的大大小小的福字愈来愈多地映入眼帘,不用问,自然是春节来了。福字带来的是人们心中熟稔的年的信息和气息,唤起我们特有的年的情感,也一年一度彰显出年的深意。

福字在民间可不是一般的字,这一个字——意含深远。

它包含得很多很多,几乎囊括了一切好事。既是丰衣足食、富贵兴旺,又是健康平安、和谐美满,更是国泰民安、天下太平。可是生活永远不会十全十美,也不会事事如愿,此中有机遇也有意外,乃至旦夕祸福,这便加重了人们心中对福字的心理依赖。福是好事情,也是好运气。再没有一个字能像福字纠结着中国人对幸福生活强烈的渴望与心怀的梦想。它是广大民间最理想化的一个汉字。平时,人们把这些美好的期望揣在心里,待到新的一年——新的一轮空白的日子来临的时候,禁不住把心中这些期待一股脑儿掏出来,化为一个福字,端端正正、浓笔重墨写在大红纸上，贴在门板、照壁和屋里屋外最显眼的地方。这叫我们知道，人们年时最重要的不是吃喝穿戴，而是对生活的盛情与企盼。

◎ 福满门

节日是人们的精神生活。

关于贴福字的起源传说很多，但我相信的还是民俗学的原理，它是数千年来代代相传、约定俗成、集体认同的结果，它作为一种心灵方式，深切和无形地潜藏在所有中国人的血液里，每到春节，不用招呼，一定出现。它不是谁强加的，谁也不可能改变它，谁也不会拒绝它。于是，福字包括贴福字的民俗就成了我们一种根性的文化。

近年来，不断有人想设计春节符号。显然，持这种好心的人还不明白，节日的符号更是要约定俗成的。它原本就在节日里。比如西方圣诞节的圣诞树、万圣节的南瓜灯，中国春节的福字、端午的龙舟、中秋的玉兔、元宵的灯笼等等，早已经是人们喜闻乐见、深具节日内涵的象征性的符号。节日的符号不是谁设计的，是从节日生活及其需要自然而然地产生出来的。只要人们需要它，它就不会消失，还会不断被创造。记得多年前中央电视台一位记者在天津天后宫前年货市场上采访我，他想了解此地老百姓怎么过年。我顺手从一个剪纸摊上拿一个小福字给他看，这福字比大拇指指甲大一点儿。这记者问我这么小的福字贴在哪儿，我说贴在电脑上。平日电脑屏幕是黑的，过年时将这小福字往上一贴，年意顿时来了。这种微型的福字先前是没有的，但人们对它的再创造还是源自节日的情感，顺由着传统。

再有，民俗都是可参与的，就像写在红纸上的这个福字；真草隶篆怎么好看怎么写，任由人们表达着各自的心愿。因为福字是自己写给自己的；是一种自我的慰藉、自我的支持与勉励，也为了把自己这种生活的兴致传递给别人。

中国人对生活是敬畏的，对福字更是郑重不阿。我曾写过一篇文章《大门上的福字不宜倒贴》，是讲中国人对生活的态度。还有一个小故事，我小时候见一位长者写福字，他写好了看了看，摇摇头不大满意，但他并不像写一般字——写坏了就把纸扯掉，而是好好地压在一摞纸下边。他说福字是不能撕掉的。这种对生活的敬重与虔诚、对文化的虔诚，一直记在我心里。这是多美的生活情感、多美的民俗、多美的文化方式与心灵方式。中华民族不就凭着这种执着不灭的生活精神与追求，在东方大地上生生不息了五千年吗？

别小看这小小的红纸上简简单单一个墨写的福字，它竟然包含着我们民族生活情感与追求的全部和极致。它称得上我们一种深切的春节符号。因而，每每春节到来，不论陕北的山村还是江南水乡，不论声光化电的都会还是地远人稀的边城，大大小小耀眼的福字随处可见；一年一度，它总是伴随着繁纷的雪花，光鲜地来到人间，来到我们的生活和生活的希望里。

2014 年 1 月 23 日

大年三十,一家人抱团取暖

大年三十,对于中国人非比寻常,它是一家人抱团取暖的时候。

农耕时代由古而来,那时候地域相隔,彼此的信息不通,相互思念怎么办?离家在外做事谋生时惦记父母家人怎么办?既使人不见面,一纸书信也隔着山山水水,那时候的思乡之情可比我们现在要深切得多。生活的办法都是给生活逼出来的。中国人就给自己想一个办法——回家过年!聪明的中国人用约定俗成的民俗把春节确定为一年一度与家人们团聚的日子。由于这个日子后边有巨大的情感支撑,比"法定"的日子还不可抗拒。

比如现在,年年"回家过年"搭乘了春运,春运也变得不可抗拒。

于是,每到一年将尽,身在异域他乡的人便归心似箭了。不管回家的路上多么千辛万苦,无论如何也要在大年三十这天赶到家，全家人一起过年。一入温暖的故乡，一推柔软的家门，与家人咧着大嘴笑呵呵相互张望那一刻，便是几千年农耕生活最甜蜜和醉心的图画。

能使水一样的生活变成酒的是人间的情感。而这一刻，人世间所有最醇厚的情感都会一拥而来。家人的亲情，父母、兄妹、姐弟、姐妹、下一辈娃娃，每一种感情都不一样，一下子全混在一起。此外还有故土的情感、家园的情感、一草一木一砖石的情感。自己曾经留在这里、渐渐远去的童年和少年，此时也全都掉过身有声有色地跑来。人间哪里还能找到这一刻的生活、这般的滋味、这样的美妙。唯有大年三十回家过年！

待到一家几代人一个不少，团团围坐在屋子中央一张方桌的四周，大戏年夜饭就要开场。桌上的酒食饭菜全是家人竭尽所能。尽管穷人家凑不起一桌丰饶的荤腥，饭碗酒罐全有裂纹，但所有年夜饭都是家乡饭，在疏离已久的亲人们中间吃，都顺口，都香喷喷、热乎乎。这是一种什么神奇的饭食？是口舌之娱还是精神大餐？自古以来从没人把年夜饭当作一顿盛宴。留在我们记忆中最深切的大年夜，多是清贫年代一些终生难忘的细节。

此时此刻，父亲脸上明显加深了的皱纹，母亲的苍苍白发，兄长依旧结实的肩膀，妹子漂亮起来的脸蛋，都在心中撩起情感的涟漪。一年在外的种种磨砺与为难，还有憋在心里的苦楚，这些原本只有说给亲人的话，此刻却说不出口。眼前的美景不能破坏，苦还是要自己消化，现在则要把亲情唤起的微笑送给彼此……这是年夜饭时独有的一种心理，人们把这种心理代代相传，成就了大年三十特有的"一团和气"的氛围。这种和气不是故意做出来的，而是一种由衷的表达。它比单纯的快乐多了一层人间的理想。

不管现实怎么艰辛，面对多少困扰，此刻一家人在一起要相互慰藉、理解、同情、给力。家庭是离你最近的力量，是你最可靠的依靠，是唯一能给你抚慰的地方。家庭像一只手，平时张着，今天要收拢起五指，像拳头一样攥紧。

快快攥起你家庭的拳头吧，在这个中国人一年一度团圆的日子里。

于是，今天不管外边风雪漫天，还是严寒冻地，也不管挤在纷扰的市井里，还是远在荒僻的田野间，每个家庭，每盏灯下，每一家人都紧紧围在一起，抱团取暖，尽享亲情，固本蓄力，以面对新一年的生活和困难。

癸卯年前七日

团圆，春节的第一主题

如今我们都是使用公历计日，可是一入腊月，特别是小年之后，却不知不觉改用起农历来了。尤其是从腊月二十三到正月十五，好似回到了两千多年前司马迁的《太初历》。

谁叫我们这样做的？不知道。反正只要改用这传统的历法与称谓，那一天特定的内容、含义、情感与滋味便油然而生。

我的外甥女在美国生活多年，只要她过年赶不回来，除夕之夜打来的越洋电话里，连声音都变了，一种异常的兴奋与亲切好似喊出来的，与平日电话的声调迥然不同。为什么春节总会给我们一年一度分外的人情的温暖与高潮？然而，正是为了这种非同寻常的"情感时刻"，我们中国人才会"每逢佳节倍思亲"，回家过年时才有归心似箭的感觉。

于是团圆成了春节的第一主题，也是春节最重要的情怀。

其实团圆也是其他一些节日的主题，比如中秋和元宵。但由于春节还是一种标志着生命消长的节日，对团圆的心理需求就来得分外深切。因此，团圆一定要在关键的除旧迎新的大年之夜来实现。举家一同祭祖敬天、吃年夜饭、燃放爆竹和守夜达旦。团圆首先是家庭的。中国人把家庭为单位的血缘关系看得尤为重要。珍重骨肉亲情，鄙视六亲不认。一家人围着一桌五光十色的美酒美食，全家老小，一个不少，泯去嫌隙，合家欢聚，尽享孝道、手足、夫妻、子孙之情和天伦之乐，不一直是几千年来黄土地上的人间梦想吗？

于是，这情怀使得腊月里中华大地上所有的城乡、所有家庭都变成情感的磁场。而每一次全家欢聚都必然再一次加深这团圆的情怀。这不就是"年文化"吗？

谁说中国的节日都成了饮食节？节日的饮食也都是有主题的。年夜饺子绝不同于一般饭店里的饺子。它和月饼、汤圆、春饼、腊八粥、子推燕、年糕一样，都是有"魂儿"的。我们品味的既是它们的味道，更是个中的意味。

进而说，中国人很会安排春节。从报信儿的腊八到压轴的元宵，其间长长的将近四十天。中国人是这样编排年的节奏的——

年前主要是从外边往家里忙。先是人们从四面八方往家里赶，然后是置办年货、打扫房舍、装点生活、筹划年夜饭等各类事项。这是从外向里使劲。

中间是过年，过大年三十。三十是高潮，高潮是团圆。

然后，进入新年，使劲的方向开始反过来，变为由里向外用劲。正月第一件大事是拜年。拜年先长辈后同辈，先近亲后远朋，逐渐扩大到社会的旧友熟人，最后便是全社会广场街头的元宵欢庆。就这样,年结束了,人们又纷纷回到各自生活和工作的地方。

只有整体地看,才能看出团圆在年中间的位置,以及它在人间的必不可少。

当然,春节远不止一个主题。另一个重要的主题是迎春。

春节处在大自然冬去春来的时日。古人用"辞旧迎新"四个字表达对大自然一种很深切的情感与敬意。告别去岁的生命时光,迎接天地新的馈赠。未来的空间阔大而光亮,充满着未知,也一定福祸并存。人们便祈福驱邪,由古至今,莫不如是。

尤其在农耕时代,春是新一轮农耕生产的开始,也是与生产密切相关的新生活的开始。人们便对"春"字分外的敏感。春是未来一年生活的象征。

尽管春节时往往还是天寒地冻,但大多立春的节气在过年期间。我们祖先在"春打六九头"中用了一个"打"字,把春天表达得亲切可爱,充满活力。人们对春之亲昵则是立春时节习俗中"咬春"的那个"咬"字。就像抱着婴儿,轻轻咬一咬它细嫩芬芳的小胳膊小腿儿。倘若遇到暖冬一年,柳条会悄悄提早变软,像胶条那样能打过弯儿来,不会折断。在江南凉凉的融雪的气息里,往往可以冷不丁地闻到春的气味,精神为之一振。

人们在春节中呼唤春,巴望春,迎接春;因而称门联为"春联"、称酒作"春酒"等等,甚至在红纸上书写一个大字"春",贴在大门上,表示对春的敬候。

广义的春是新生活的开始。所以,迎春也作"迎新"。那么年俗文化中一切祈福的内容莫不包含迎春的意味。

迎春和迎新是恭恭敬敬的。

这因为中国人的传统对天地是敬畏的。一是因为我们生活的一切都来自于天地，受惠于天地，自然心怀无尽的感激；二是天地有自己的规律与特性，不能违反，顺之则吉，乱之则凶，对其不能不敬畏；三是天地于人仍是秘密，多半不可知，故而吉凶难测。面对新生活，不能盲目地乐观，而要虔敬天地，善待万物，庄重地对待生活。先前过年都要立一块牌位，写上"天地君亲师"五个字，恭恭敬敬拜一拜。现在很少有人再拜了。其实，唯"君"不必再拜，如今世已无君。其他如天地、亲人、师长倒还是拜一拜好。

当然，春节的主题不止于此。还有祥和、丰收、平安、富贵等等，它们都是人们生活最切实的愿望。中国的春节不同于西方的圣诞。春节是个理想化的节日。这理想是一种人间生活的愿望。它经过全民族共同的创造与认定，约定俗成，成为年俗。因此说，年俗所表达的是中华民族集体的精神情感及其方式。正是这种年俗保持了我们民族独特的精神情感的基因，一年一度增强了民族自我的亲和与凝聚。因此说，它是中华民族五千年生生不息的深在的缘故之一。这样好的年，不应该好好过一过吗？

2010年2月8日

春节是怀旧的日子

在我们把春节的由来、内涵、习俗、意义都说过说透之后,忽然发现还忘了说——春节是一种特定的情感。

在所有春运的运载车辆上,那些挤成一团、千辛万苦的人,没有一个知难而退,全都坚定地渴望着去实现一种情感的目标:回家。急渴渴地扑到家,一推开门,即刻融化到自己生命源头的温暖里。

那里有你的父母,甚至爷爷奶奶、守家在地干活营生的兄弟姐妹,他们全朝你喜笑颜开;还有那些分外亲切的老桌子老柜子老东西老景象,以及唯有你的老巢才有的那股子勾魂摄魄的气味。

跟着,与你的巢紧紧相连的纷沓而至:至爱亲朋、旧交老友、昔时伙伴、左邻右舍,还有老街老巷、乡土风物与小吃。可能你离家太久,或在外边打拼多年,渐行渐远的往事已经滑到记忆边缘,但此时此刻偶然碰到一个什么细节,会把沉睡在你心中深处的故旧一下子拽到跟前。记得一次在街头碰到一位阔别了至少三十年的中学同学,那一瞬忘了他的名字,却脱口叫出他的外号"大牙"——他的门牙又长又大,而且往外龇。那时同学们给他起了个外号叫"大牙"。谁料到此刻这个外号仿佛有种神奇之力,把我们热乎乎地拉回到真率无邪、亲密无间

◎ 邻里街坊相互拜年

的少年时代。我们开始问对方、说自己、谈现在、聊过去;所说到的当年的同班同学时,也多是外号,惹起我们阵阵大笑。就这样站在街头长谈竟有一个小时。

从中,你会感慨人生的急促,时光的无情,生命的无奈,同时又获得唯有回家过年才有的满足。然而一年里只有这些天,可以实实在在触摸到昨天与前天。仿佛进了奇妙无穷的时光隧道,还会情不自禁地往里钻。

虽然过年,我们是辞旧迎新,迎着春天往前走,但我们享受到的更多的情感却是怀旧。

春节里一种特定的情感是怀旧。春节是个怀旧的节日。

怀旧,是对过往生活的一种留恋,一种对记忆的追溯与享受,一种对人生落花的捡拾。

每个人的心底都有怀旧的需求,春节的回家过年则是满足所有人这种情感需要;为此春运才有如此磅礴的力量。由故土、血缘、乡情汇集而成的巨大的磁场,布满在大地山川每个城市与村庄。这磁场产生效力与魅力既是感情的力量,也是文化的力量。

民俗是源自共同需求而共同认定的方式。需求是精神的、情感的、心理的,而方式是一种文化。当这共同的需求"约定俗成"了,所有人就会遵从这种民俗方式而行动,比如回家过年。民俗不是强迫的,却是自愿的和自律的。它是一种共同需要和共同表达,同时每个人的精神情感都可以充分发挥。这样,春节才成了我们的必需。

由此而言,我们所有民俗节日都是情感的表达,所表达的情感各有不同。清明是对先人的怀念，端午则是张扬生活的激情，七夕是表达男女对爱的忠贞不渝。其中，不少节日都与团圆——即家庭和血缘的亲情相关，比如中秋。但中秋与春节还有所不同，中秋不强调回家，不会有出现交通拥堵的"秋运"。唯有春节才是中国人集体怀旧的日子。因为在节令中，春节是辞别旧岁。在辞旧中必然引发怀旧。

　　这样，我们便通过千百年来人们集体创造并传衍至今的一系列民俗方式，如团圆饭和拜年等，把心中的亲情、乡情、怀旧之情尽情地表达与宣泄。由此，家庭得到一次凝聚，故乡的热土得到一次升温。其实这就是文化赋予中华民族五千年来生生不息的凝聚力。

　　每一个身在异乡回家过年的人，在度过了春节之后，内心不都感受到补偿了对亲人一种长时间的亏欠，并在情感上得到深切的满足吗？

　　所以说春节是中国人怀旧的日子。

2012 年 1 月 16 日

春节晚会是跛足的新民俗

近年来,每到过年,春节晚会都是一个"说破了嘴"的热点话题。说好说坏,众说纷纭,莫衷一是。而且都是晚会前看好,晚会后说差。又看又骂,骂完还看。年年都叫那些"受累不讨好"的导演以一句"众口难调",回应这种尴尬,下了台阶,转年接着再来。但不管怎么说怎么骂,如果中央电视台宣布"今年不搞春节晚会了",恐怕会遭到更大的反对乃至抗议,为什么?

首先应该承认,春节晚会已经成了一种新民俗。

在现代社会的冲击下,那种固有的农耕社会形成的一整套年俗正在迅速瓦解。有的是自然的消泯,比如祭祖敬神、贴门神贴年画、送柴送水,等等;有的是人为的消除,比如燃放爆竹。年俗在一个个消失,然而人们对年的盛情并没有退缩与衰减。新春降临,人增一岁;大自然春夏秋冬新的一轮的生活又要开始。于是,对未来的向往、企望以及种种祝愿便涌上心头。

然而，人们有过年的情感，却没有这种情感的载体。近些年我们所感到年的淡薄，实际上是年俗日益的消减所致。春节过的就是民俗。但民俗生活出现了愈来愈大的空白。春节晚会就是在这种背景下冒出来并受到千家万户的欢迎。

民俗必须是人们约定俗成的，不是谁出个好主意就能成立。春节晚会之所以能够进入人们过年的生活，是因为它在三个方面十分符合过年——特别是大年夜的要求。

一是家庭式的。春节的高潮是"大年三十"。大年三十的民俗内容首先是"合家欢聚"，这也正是中国人最重要的人生理想之一。春节晚会很适合这种需求，一家人聚在一起，同看一台节目。非常契合传统的年心理。

二是欢乐和热闹的。这是过年必需的气氛。而春节晚会正是这样一台热热闹闹、载歌载舞的集锦式的晚会。家喻户晓的各种名角明星纷纷登台。以笑为目的，以火爆为基调。表演相声与小品的笑星们成了最耀眼的角色。这种晚会自然就很容易地融入大年夜的气氛中。

三是熬夜式的。大年夜的习俗是熬过今夜到天明。春节晚会是所有晚会时间最长的一台节目，从吃团圆饭开始，直到夜入子时，才曲终人散。如此一台长长的、欢声笑语的晚会，正好填补了大年夜民俗的缺失留下的很大一片空白。

于是，我们明白了春节晚会由于顺应了年俗特点，又应急地满足了人们的年心理，挽回了人们在文化上的失落感，便很快被人们接受了，成为当代中国人必不可少的过年的节目，甚至是当今过年最重头的节目。虽然按照民俗学的原则，一种风俗需要经过传承三代才能叫作"民俗",但我更愿意提前先称它为"新民俗"。因为如今看春节晚会——已经成了十几亿中国人乃至世界华人都认可的"年文化"了。

电视晚会是我国电视人对民俗的一个贡献,也是将现代媒体涉入民俗的一个成功的创造。

但为什么人们对它有那么多不满呢?

最主要的原因是电视本身的性质所决定的。

从民俗学的角度看,民俗是一种行为,是表达内心愿望的一种主动的文化方式。传统的年俗,无论是祭祖敬神还是民间花会,都是主动地去参与、去营造、去表达;各人心里有多么强烈的愿望,就去用多大的劲儿表达与发挥。人在民俗中始终是一种主角。但在电视前却成为看客,只是被动的接受者。年的情感与愿望无法充分地表达与释放出来。电视的性质有悖于民俗的性质。这便是人们对春节晚会"年年不满年年看"的最根本的心理根由。

无法参与和不能被参与的电视,先天地决定了春节晚会只能是一种跛足的"新民俗"。这谁也不能怨怪。既不能怨怪电视本身,也不能怨怪电视晚会。这是农耕文明瓦解时期,民俗生活必然出现的一种尴尬。同时要看到春节晚会不是万能的。不能完全依赖它!这就需要我们从年心理的角度,重新审视我们当代的年文化。构建当代的年俗系统,使我们中国人的年浓郁、美满和充满魅力地传衍下去!

2003 年 1 月 28 日

春运是一种文化现象

　　如今,报知春节迫近的已经不再是腊八粥的香味,而是媒体上充满压力的热火朝天的春运了。每入腊月,春运有如飓风来临,很快就势头变猛,愈演愈烈;及至腊月底那几天,春运可谓排山倒海,不可阻遏。每每此时我都会想,世界上哪个国家有这种一年一度上亿人风风火火赶着回家过年的景象?

　　我们一直把春运当作一种客运交通的非常时期,并认为这是中国社会发展到现阶段千千万万农民进城打工带来的特殊的交通狂潮。春运的任务只是想方设法完成这种举世罕见的客运重负。可是,如果换一双文化的眼睛,就会发现,春运真正所做的是把千千万万在外工作的人千里迢迢送回他们各自的家乡,去完成中国人数千年来的人间梦想:团圆。

　　前些年在火车站碰到一个情景使我至今难忘。大约是农历腊月二十九吧。一个又矮又瘦的中年男子赶火车回家。火车马上要开,车门已经关上。这男子急了,大概他怕大年之夜赶不回去，就爬车窗。按常规，月台上的值勤人员怕他出事，一定要拉他下来，车上的人一准也要把他往外推。但此刻忽然反过来，车上的人一起往窗里拉他，月台上值勤人员则用力把他推进车窗。那一刻，车上车下的人连同那中年男子都开心地笑，列车就载着这些笑脸轰隆隆开走了。为什么？因为人们有着共同的情怀——回家过年。

为此，每每望着春运期间人满为患的机场、车站和排成长龙的购票队伍，我都会为年文化在中国人身上这种刻骨铭心而感动。春运的人潮所洋溢的不正是年文化的精神核心——合家团聚吗？还有哪一种文化能够一年一度调动起如此动情的千军万马？能够凸显故乡和家庭如此强大的亲和力？

春运是超大规模的农民进城打工带来的，没错。但它又是近二十年出现的最独特的一种文化现象。因为民间文化是生活文化，它往往从生活的形态而非从纯文化的形态中表现出来，所以我们不会一下子认识到春运的文化内涵。

由此，我想到前些年每逢春节都会出现的一个话题，就是年的淡化。淡化的原因有二：一是生活方式的骤变，致使数千年里超稳定的生活中形成的严谨的年文化松解了，而一时又难以构成新的年文化体系，淡化的现象必然出现；二是由于我们对年文化的无知，把传统习俗视为陈规旧习，认为可有可无，主动放弃。如燃放烟花爆竹和祭祖等等；甚至提倡休闲度假，或把春节变成西方的嘉年华。失去了民俗的节日自然变得稀松平常。特别是有些民俗深刻嵌在人们的记忆里，一旦扔掉，无以填补。应该说，这种主动地去瓦解自己的文化才是最致命的。

记得十多年前看过一篇文章说，未来的春节将成为五花八门的多元节日之一，并预言它将不再是主角。

可是就在这时，春运形成了。五星级酒店里、歌舞厅和酒吧里、高尔夫球场上可以不要春节，但人们心中"年的情结"依然执着，而且每逢春节就必然吐蕊开花——回家过年，亲人相聚，脱旧穿新，祈安道福，以心亲吻乡土里的根。由于那时没有看到春运人潮中的文化心理与文化需求，也就想不到在社会转型时期怎样去保护传统，想不到在传统的年俗出现松解时应该做些什么。现在明白了，年在人们心里并没有淡化，淡化的只是瓦解中传统的方式与形态。

从这点说，央视的春晚是中国电视人对年文化的一个伟大的贡献。如果没有春晚，在那些禁了烟花爆竹的城市显得分外冷落的大年之夜，才更像周末呢。

因此，还要回到文化上说说春节。

春节，时处大自然四季周而往复的节点，也是生活阶段性的起点。人们心中的寄寓与祈望就来得异常深切，民族特有的情怀也分外张扬。在民间生活中，这种精神性的东西都要以民俗为载体，所以民俗中每一事项，莫不有着精神内涵，有魂。比方年夜饭的魂是团圆、放鞭炮的魂是驱邪、拜年的魂是和谐、贴春联福字挂吊钱的魂是祈福等等。我们曾指责传统节日都变成了饮食节，好像饮食非文化，其实所有节日食品并非一般食物，皆有一往情深的寓意。节日的本质是精神的。看似一些民俗形式，实则是人们在高扬心中的生活情感与理想。这里边有民族和民间的精神传统、道德规范、审美标准和地域气质。如果我们不从文化上、从精神上去看节日,就不明白节日为何物,不经意间随手丢掉。失去的可能是最重要的东西。

设想一下,如果现今中国没有春运,那就不会再"每逢佳节倍思亲",不会回家过年,心中也就没有一年一度团圆的渴望——我们民族不就完全变了另一种性情与性格了吗?当然,这是绝不可能的。

从春运认识我们的春节和民族吧。多么美好的节日,多么重情义的民族,多么强大并具亲和力的文化。

是春节的年文化把所有的家乡、把中华大地变成巨大的情感磁场,是春运让我们感受到这磁场无比强劲的力量。

2010 年 1 月

春节最能讲好中国故事

从今天起，春节不仅是中华民族一年一度、源远流长的传统节日，也是全人类共享的节日和文化了。

春节以它博大深厚、魅力独特、无可替代的文化，愈来愈为世界所热爱、所认知，因此被列入人类文化遗产。列入人类文化遗产后的春节，已是人类的文化瑰宝，必定受到更广泛更热烈的关切。

外国朋友想了解春节难吗？不难。春节是民俗节日，完全不用听人讲什么是春节，只要能有机会和中国人过几天春节，参与其中，就会深切地感受到春节的魅力、炽烈与温馨，还有许许多多五光十色、生动有趣的习俗和讲究，并由此了解到中国人特有的感情方式和表达方式，比方中国人为什么非要在除夕这天赶回家，回到父母身旁，回到家人中间；为什么分外在乎"家"，非要在此时此刻合家欢聚；为什么饺子是除夕餐桌上的主角；为什么全家要一起守岁；为什么除夕夜晚不熄灯，让灯光照亮屋中每个角落；为什么小孩不能哭；为什么压岁钱必不可少；为什么过年要穿新衣裳；为什么福字在此时分外耀眼夺目；为什么满口吉祥话，为什么到处谐音的吉祥图案：牡丹象征富贵，瓶子代表平安，公鸡寓意吉祥；为什么所有颜色中，大红色突然成了年的标志色；为什么平常看不到的神仙像，门神、财神、灶王、三星、八仙，这时候全冒出来了；为什么一听见爆竹声，心里就有"年的振奋"……一代代中国人就是从这些民俗里知道春节的，因而一进入春节，就掉进了气息浓烈的年文化的酒缸里。没有任何节日像春节一样包含中国人那么多精神、心理、追求、性情、偏爱，因而春节最能讲好中国故事；外国朋友会从中知道中国人格外重视亲情，分外孝敬父母，了解到中国人生活中的理想究竟是什么，恪守怎样的道德，还有传统中古老的、淳朴的、美好的价值观。

当然，春节的文化还绝非仅仅是这些——

春节源自农耕生活。在漫长的农耕时代，生活依从生产，生产依从大自然的四季。大自然新一轮四季的来临，也是人间新一轮生产与生活的开始。于是，当一年一度冬去春来的节点——"年"到来时，就分外重要了。人们自然要把对新一年生产和生活的极致的向往——五谷丰登和金玉满堂，全放在对年的祝愿里，成为过年巨大的精神驱动力。同时，所有人间的美好的期许：幸福、平安、健康、团圆、兴旺，也都一拥而来，汇成年的主题。人们表达这种对生活的向往与盛情所采用的方式是各种各样的民俗，大到民间灶火和庙会，小到一枚巴掌大、美丽、鲜亮的窗花。然而，由于中国各地的山川不同，地域多样，民族有别，风物迥异，各地的年俗自具风采。没有一处灶火不具有自己的特色，没有一枚剪纸不带着自己地域的风情与传说。而春节又是我国时间最长的节日，始于祭灶，止于灯节；中间排满了各种内容的风俗活动。春节的文化到底有多大？多丰富？多灿烂？

大多数非遗的传承人是少数身怀绝技的传承者，春节的传承人却是全体中华儿女。而一代代中国人不仅仅是年文化的传承人，还是年文化的创造者。全民努力过大年，一贯而下四千年，会是多大的文化创造力？为此，我们年文化才如此强大、

◎ 杨柳青古版年画《同庆丰年》

深厚、灿烂、魅力无穷。可以说,我国最大的物质文化遗产是万里长城,最大的非物质文化遗产是春节。

当春节习俗成为人类文化遗产,一定会给人类的文明大大增添奇光异彩和多样性,同时也给优秀的中华文化的走出去打开一条宽展的大道;愈来愈多的人会关注春节、好奇春节、参与春节。这时候,我们作为春节文化遗产的主人,应该做些什么和怎么做?这件事正进入我们思考的大脑。

年的艺术

打树花

　　一直来到暖泉镇北官堡的堡门前,也不清楚堡外民居的布局。反正我是顺着人流、沿着一条九曲十八弯的小街挤进来的。小街上没有灯,到处是乱哄哄来回攒动的人影,嘈杂的声音淹没一切,要想和身边的人说话,使多大的劲喊也是白喊。但这嘈杂声里分明混着一种强烈的兴奋的情绪。有时还能听到一声带着被刺激得高兴的尖叫。这种声音有个尖儿,蹿入夜间黑色的空气里。

　　北官堡的堡门像个城门。一个村子怎么能有这么大的土城?至少三四丈高的土夯包砖的"城墙"上竟然还有一个檐角高高翘起的门楼子。门前是个小广场。站在城门正对面,目光穿过门洞是一排红灯,前大后小,一直向里边向深处伸延。显然那是堡内的一条大街。这一条街可就显出北官堡非凡的家世与昨天。但这家世还有几人知道?

　　门前广场上临时拉了一些电灯,将堡门下半截依稀照见,上半截和高高在上的门楼混在如墨的夜色里。一个正在熔化铁水的大炉子起劲地烧着。鼓风机使炉顶和炉门不停地吐着几尺长夺目的火舌。这火舌还在每个人眼睛里灼灼发亮，人们——当然包括我，都是来争看此地一道奇俗打树花。我于此奇俗，闻所未闻；只知道此地百姓年年正月十六闹灯节，都要演一两场打树花。

当几个熊腰虎背的大汉走上来，人们沸腾了。这便是打树花的汉子。他们的服装有些奇异，头扣草帽，身穿老羊皮袄，毛面朝外，腰扎粗绳，脚遮布帘，走起来又笨重又威风，好像古代的勇士上阵。这时候，人群中便有人呼喊他们一个个人的名字。能够打树花的汉子都是本地的英雄好汉。不久人声便静下来。一张小八仙桌摆在炉前，桌上放粗陶小碗，内盛粗沙，插上三炷香。还有几大碟，三个馍馍三碗菜。好汉们上来点香，烧黄纸，按年岁长幼排列趴下磕头。围观人群了无声息。这是祭炉的仪式。在民间，举行风俗，绝非玩玩乐乐，皆以虔诚的心为之待之。

仪式过后，撤去供案，开炉放铁水。照眼的铁水倾入一个方形的火砖煲中。铁水盛满，便被两个大汉快速抬到广场中央。同时拿上来一个大铁桶，水里泡放着十几个长柄勺子，先是其中一个大汉走上去从铁桶中拿起一个勺子，走到火红的铁水前，弯腰一舀，跟着甩腰抡臂，满满一勺明亮的铁水泼在城墙上。就在这一瞬，好似天崩地裂，现出任何地方都不会见到的极其灿烂的奇观！金红的铁水泼击墙面，四外飞溅，就像整个城墙被炸开那样，整个堡门连同上边的门楼子都被照亮。由于铁硬墙坚，铁花飞得又高又远，铺天盖地，然后如同细密的光雨闪闪烁烁由天而降。可是不等这光雨落下，打树花的大汉又把第二勺铁水泼上去。一片冲天的火炮轰上去，一片漫天的光雨落下来，接续不断；每个大汉泼七八下后走下去，跟着另一位大汉上阵来。每个汉子的经验和功夫不同，手法上各有绝招，又

◎ 河北蔚县暖泉镇北官堡的年俗打树花，激情澎湃

互不示弱，渐渐就较上劲儿了。只要一较劲儿，打树花就更好看了。众人眼尖，不久就看出一位年纪大的汉子，身材短粗敦实，泼铁水时腰板像硬橡胶，一舀一舀泼起来又快又猛又有韵律，铁水泼得高，散的面广，而且正好绕过城门洞；铁花升腾时如在头上张开一棵辉煌又奇幻的大树。每每泼完铁水走下来时，身后边的光雨哗哗地落着，映衬着他一条粗健的黑影，好像枪林弹雨中一个无畏的勇士。他的装束也有特色。别人头上的草帽都是有檐的，为了防止铁水崩在脸上，唯有他戴的是一顶无檐的小毡帽，更显出他的勇气。

据当地的主人说，这汉子是北官堡中打树花的"武状元"。今年六十一岁，名叫王全，平日在内蒙古打工，年年回来过年时，都要在灯节里给乡亲们演一场打树花。

正像所有民俗一样，打树花源于何时谁也不知。只知道世界上唯有中国有，中国唯有在蔚县暖泉镇北官堡才能见到。除去燕赵之地，哪儿的人还能如此豪情万丈！

此地处在中原与北部草原的要冲，过往的行旅频繁，战事也忙，那种制造犁铧、打刀制枪、打马蹄铁的"生铁坑"（翻砂作坊）也就分外的多。人们在灌铁水翻砂时，弄不好铁水洒在地面，就会火花飞溅，这是铁匠们都知道的事。逢到过年，有钱的人放炮，没钱的铁匠便把炉里的铁水泼在墙上，用五光十色的铁花表达心中的生活梦想，这便是打树花的开始。当然，关于打树花的肇始还有一些有名有姓、有声有色的传说呢。

民俗的形成总是经过漫长岁月的酿造。比如最初打树花用的只是铁水一种，后来发现铁水的"花"是红色的，铜水的"花"是绿色的，铝水的"花"是白色的，渐渐就在炉中放些铜，又放些铝，打起的树花便五彩缤纷，愈来愈美丽；再比如他们使用的勺子是柳木的。民间说柳木生在河边，属阴，天性避火。但硬拿柳木去舀铁水也不行，这铁水温高一千三百度呢。人们便把柳木勺子泡在水桶里，通常要泡上一天一夜，而且打树花时每个汉子拿它用上七八下，就得赶紧再放在水桶里浸泡。多用几下就会烧着。湿柳木勺子的最大好处是，铁水在里边滑溜溜，不像铁水，好像是油，不单省力气，而且得劲，可以泼得又高又远。

铁水落下来，闪过光亮，很快冷却。打树花的过程中，常常会有一块两块小铁粒落在人群里，轻轻砸在人们的肩上，甚至脸上，人们总是报之以笑，好像沾到福气，我还把落到我身上的一小块黑灰的铁粒放在衣兜里，带回去做纪念呢。

有人说，蔚县的打树花至少有三百年。不管它多少年了，如今每逢正月十六——也就是春节最后的一天，这里的人们都上街吃呀，乐呀，竖灯杆呀，耍高跷呀，看灯影戏呀，闹得半夜，最后总有一场漫天缤纷的打树花；让去岁的兴致在这里结束，让新一年的兴致在这里开始。

中国人过灯节的风俗成百上千，河北蔚县暖泉镇北官堡的打树花却独一无二。

2004 年 1 月 10 日

天后宫剪纸
——为一种复兴的民间艺术叫好

近年来,社会改弦更张,物华事旺,百废俱兴;每逢旧历年根,天后宫前的年货市场又是一如当年地炽热火爆起来。过年必备的香烛、花炮、绒花、灯笼、玩具和各类干鲜小品一应俱全,更有能飞能跑能跳能叫的电动玩具,带着时代精神加入其中。在这市场上年味最浓的要算剪纸摊了。摊儿最多、最大、最鲜火也是最壮观。倘无剪纸,宫前的年意便会顿减一半,然而剪纸被人们买去,带进千家万户,家庭的年意又增添几分。但这景况是近年才渐渐形成的,而且年年花样翻新,方兴未艾;由于受到大众欢喜,剪纸摊便由此摆到津城各处大大小小的集市上,使得向例注重过年的天津又多了一样年俗景观!

这种复兴的民间艺术,我们不妨称之为——天后宫剪纸。

天后宫剪纸的兴起,究其原因可归为三点:

一、天后宫一带为天津最早经济与文化的中心,也是地域和民俗文化积淀得最深厚之处。传统的年货市场一直设在宫前。剪纸作为一种此地必不可少的年饰，由此发端，由此兴盛，势所必然。二、天津为著名的民间艺术之乡。原有的"易德元剪纸"驰名北方。这表明天津既富有心灵手巧的剪纸艺人，民间也有"扫舍"过后的"糊窗户眼（贴剪纸）"的风气。民间习俗，自然形成，难立也难灭。有如地草树花，春风一吹，繁茂似锦。三、津门是大商埠，买卖求发达，生活求吉利，过年则追求红火。应景的装饰最为讲究，为此杨柳青年画才名满中华。剪纸窗花历来为津门百姓所钟爱。一般家庭逢年必用自不必说，买卖家在橱窗内悬贴吊钱的习俗传衍至今，距此地二百里的京城之内却很少见。如今，时代翻涌新潮，旧剪纸虽然不合时宜，但一旦翻新，别出心裁，自然会重新成为一种受宠的年节饰品。

中国的剪纸起源于汉，至迟南北朝时期已相当精熟。然而真正繁盛起来，却是在清代中期以后。这根由于近代中国城市的崛起。古老的剪纸多在乡间，以剪子铰出为主，趣味浑朴天然，都是出自农家妇女之手。剪纸进入城市后，不仅市民情趣和生活理想要渗入剪纸艺术，而千家万户拥挤在一起，相效成习，需要颇巨。剪纸艺人为了省工，弃剪用刀，一刀多张，雕镂更加细致，风格转向精巧，艺人也就不止于妇女了。然而，时代更迭、生活改变和审美转化，传统民间艺术渐渐不能适应现代需要。比如，旧式窗格多，便有"窗越"（越过窗格的窗花）与"气眼"（窗户糊纸时留一孔，贴此窗花以便透气）等品种，虽然智巧又优美，但在当今宽大的玻璃窗上则不再有用武之地。再比如，现代妇女多有社会职业，不善针线，作为刺绣用的剪纸"花样子"也就逐渐绝迹。而且,旧剪纸模式单一,花样陈旧,"门花"一对,"肥猪拱门",千载不变,很难与现代家庭的气息和谐起来,现代人追求变化,好奇猎奇,对一成不变的事物失去兴趣。任何实用的艺术,倘无应用者需求便要消亡,若能顺时应变,自然获得新的生命。

新兴的天后宫剪纸,首先是切合新时代人的社会心理与审美要求,尤其时下国人切盼富有,剪纸艺术投其所好,契合其心态,注重盼富、图利、求吉和祈安的内涵。面画饱满,不避

◎ 2002年春节在天后宫为剪纸艺人组织一次比赛,兼议创新,以活跃地方民艺与年俗

繁琐，反受欢迎，这也是目前人们多多益善的生活要求在审美心理上的反映。此外，新剪纸增加了生肖内容的画面，龙蛇马羊，年年更换。甚至对传统的"宝马进财"（一称"马上进宝"）图案也改为生肖内容。比如去年是鸡年，便是"金鸡进财"；今年是狗，便改成小狗拉着装满财宝的车子跑来，成了"爱犬送宝"了。这种生肖剪纸，让人感到既亲切，又应时。当年花样，不买不行，故最为畅销。剪纸艺人可谓精明又聪明。

新剪纸的另一特征，是从其他美术借用一些形式来丰富自己，使其面貌一新，比如这几年兴起的国画形式的剪纸，从体裁（中堂、条幅、横批、通景、扇面等）到内容（花鸟、草虫、人物、山水、博古等），类似国画又不失剪纸趣味，使人感觉熟悉又新颖。特别是在传统贴年画的风俗日渐衰落之际，剪纸艺人将百姓喜闻乐见的一些年画图样，刻成剪纸，如缸鱼、门神、婴戏娃娃等。传统年画往往为一些新型家庭所排斥，刻成工艺精美的剪纸就容易接受了，甚至招人喜爱。

新剪纸还有一个显著特点，是朝着精细化、高档化、豪华化发展，新剪纸不仅雕刻日求精工，有的细若发丝，曲若流水，千变万化，而且以大红和金纸为主要材料，配以彩纸衬托，艳丽多彩，金碧辉煌，益显华贵。在设计上融入现代工艺设计趣味，具有时代性，与现代家庭的室内装潢能够协调起来。尤其那些高档和豪华类型的剪纸，不仅平添年意，更增加室内的富丽感，受到现代家庭包括年轻人的欢迎。特别是年年都有一大批新图样出现；再引进蔚县风格的彩色剪纸和"竹兰梅菊"等类似文人画的幽雅题材的画面——这对人们便格外具有吸引力了。

这样，天后宫剪纸便应运而生。运气并非只靠天赐；人的运气多半靠自己创造，等来的运气大概只有守株待兔那一种。天后宫剪纸由于顺乎时代，应合民意，勇于变革，自然再获生机并大放光彩。此理亦万事之理也。

民间艺术历来分为两种。一种是由某一位艺术家个人创造的，便以这位艺术家为代表，比如泥人张、风筝魏、刻砖刘等；还有一种则是以某地区民间艺人们集体创造的，便以这地区为标志，比如杨柳青年画、胜芳灯笼、蜂窝麦秆玩具和山西孝义皮影等。近年来，天津这个民间艺术之乡，在这两方面都卓有成就，令人欣悦。一是轻飘秀逸的王玓面塑，一是浓烈瑰丽的天后宫剪纸。它们虽然仍处在发展中，但在艺术中已渐成熟，特征确立，具有一定的审美价值。旧时代的民间艺术以买主为生存支柱，而现代社会则需要有眼光的文化人给予支持，包括研究、评论与收藏。早在元代就有了张彦等剪纸收藏家，不知当今津门有否这样的有心人？不论怎样，天后宫剪纸为津门注入一股蓬勃活力，也使传统的年意和情感深化了。应该感谢这些不知姓名却意妙工巧的民间艺术家们！

1994 年 1 月天津

拜灯山

在燕北那些古村落里，我忽然感觉手腕上的表针停了。时间变得没有意义。历史在这里突变为现实。其实这并不奇怪，中国的现代化还只是神气十足地端坐在各省的一些大城市里，历史却躺在这些穷乡僻壤——尤其是各省交界的地方呼呼大睡。连数百年前那些为了防范"外夷侵扰"的土堡也依然如故。在中古时代多民族争战的燕北，每一座村庄外边都围着一道高高的土夯的墙，像是城墙，它历久益坚，尽管有的只剩下狼牙狗啃般的残片，却仍像石片一样站立着，在今天来看成了一种奇观。一些墙洞和豁口是图走近道的村人钻来钻去的地方。最坚固的是堡门，四四方方，秃头秃脑，好像碉堡，但早都没有了堡门。门上却清清楚楚写着村名和建堡年号。抬头一瞧往往吓一跳。有的竟是"康熙"甚至"嘉靖"和"洪武"，已经三四百岁了。

堡内的历史似乎保存得更好一些。街区的格式还是最初的模样，老屋老宅只是有些"褪色"罢了；一些进深只有数尺的小庙，墙上的壁画有的竟是大明风范；那些神佛的故事画上，每个画面旁边都有一条写着说明文字的"榜书"。最令人神往的是，各个村口几乎全有一座戏台。据说半个世纪前，蔚县有戏台八百座，一律是木造彩绘，式样却无一雷同。数十年来不断地拆毁，遗存仍很可观。只是放在那里无人理睬，任凭风吹雨淋日晒鸟儿筑巢，小孩儿爬上去蹲在里边拉泡屎。

可是这些戏台往往称得上是一座博物馆。戏台两侧的粉墙上，有残存的绘画，有闲人漫题，有泄私愤的骂人话，有当年戏班子随手写上去的上演的剧目，有的还有具体的纪年；甚至还有"文革"期间全村划分阶级成分的名单公告。它们之所以至今还保留在墙上，就是没人把它们当作是一种历史。而现在仍然没人把它们当作历史。

在上苏庄村北端一座数丈高的土台上有一座三义庙。庙前的台阶陡直，可谓直上直下。殿前对联写着"三人三姓三结义，一君一臣一圣人"。北方乡间建"三义庙"，多是为了从刘备、关羽和张飞三兄弟那里取一个"义"字，来维持人间关系的纯正。但上苏庄村的三义庙，却多了另一层意义。站在庙门前，居高临下，俯视全堡，细心体会，渐渐就会破解出此堡布局的文化内涵。

据说当年建堡时，风水先生看中一条自东南朝西北走向的"龙脉"，如果依此龙脉布局建村，可望兴旺发达。但这条龙脉不是直通南北，怎么办？从八卦五行上看，龙脉的"首"与"尾"

都在"土位"上。这便要在"土"上好好做文章。由于火生土，就在南端建造一座灯山楼，敬奉火神，促其兴旺；可又担心火气过盛，招来火灾，于是又在北端建起这座三义庙来。因为相传刘备是压火水星，可以用来抑火。

这样，一个完美的村落就安排好了：堡内中间一条大道，由西北向东南，正是龙脉。南端是灯山楼，北端是三义庙；一火一水。火生土，水克火，相生相克，迎福驱邪。这使我们在不觉间碰到了中国文化中一个最本质的追求——平衡与和谐。

然而这一切，在上苏庄村特有的一个古俗中表现得更为深切。这古俗叫作"拜灯山"。

灯山是指灯山楼，就是堡南那个火神庙。拜灯山是敬祀火神。敬火神不新鲜，但这里敬神的方式可谓举世罕见。

本来拜灯山只是在每年正月灯节举行。此地的主人知道我们这些来蔚县参加"全国民间剪纸抢救专项工作会议"的人多是民间文化的学者，难得到这里来，便特意为我们演示此项古俗。

拜灯山的风俗分前后两部分。人们先要在灯山楼前举行奇特的敬神仪式，然后去到村口戏台前的广场上看戏听曲，载歌载舞，大事欢庆。

北官堡的灯山楼称得上天下奇观。说是神庙，其实只是一个神龛，灰砖砌成，高达三丈，龛内没有神像，空空的只有一个巨大的梯式的木架。一条条横木杠排得很密。这些木杠是拜灯山时放灯碗用的。平时没有灯碗，只有一个大木架。但绝没有小孩爬进去玩，因为这是神龛。

在拜灯山仪式举行的前一天，先由艺人按照一定的文字笔画在木架上摆灯碗，也就是用灯碗点状地组成特定的文字与花边图案。这些文字构成的吉祥话，是用来表达心中美好与崇高的愿望的，如"五谷丰登""四季平安"等等。灯碗是一种粗陶小碗，内置灯捻与麻油。灯楼内的文字年年不同，但艺人严守秘密，村人绝不知道，这也使拜灯山更具神秘性。

天色黑时，全堡百姓走出家门，穿过大街缓缓走向堡南的灯山楼。一路上，跨街挂着的方形纸灯都已点亮。上边饰着彩花彩带，灯笼上写着吉语。如"风调雨顺""人畜两旺""国泰民安""和气生财"等等。美好的词句渲染着人们的心情。据说，一般挂灯十二盏，闰月十三盏，寓意月月平安。当人们聚到灯山楼前，已是一片漆黑，没人说话，全都立在一种庄重又肃静的气氛中默默等待。

不多时，堡北高处三义庙的灯亮起来，如同启明星，很亮很白。跟着，堡内各处小庙燃灯烧香，神的气息笼罩人间，拜灯山的活动便开始了。三位艺人手持蜡烛，爬上楼内木梯，由上而下将木梯每一横木杠上的油灯点着。渐渐亮起来的灯火连接起来的笔画一点点、一个字一个字地显露出来。顺序而成是四个大字"天下太平"。四字形成，众人欢呼。艺人们将一道巨大的纱幕拉上，遮在外边，里边木梯的影子就被遮住，唯有灯光由内透出，朦朦胧胧，闪闪烁烁，亮亮晶晶，尤其风动纱帘时，灯光分外生动，仿佛有了生命，景象真是美妙至极！不多时，一阵锣鼓响起，由大街北边传来。随着敲锣打鼓，一群盛装艺人鱼贯来到灯山楼前。主角是由孩子装扮的"灯官"——据说这孩子必得是"全科人儿"。他坐在"独杆轿"上，由四名扮成衙役的村汉抬着。还有一些身穿文武戏装的人物跟在后边。其中一男一女反穿皮衣，勾眉画脸，扮成丑角，分外抢眼。这一行人走到灯楼前，列队，设案，焚香，作揖，施叩礼，敬拜火神，其态甚虔。我暗中观察四周的村民，没有一个笑嘻嘻的，更没人说话，全是一脸的郑重和至诚。在这种气氛里自然会感受到火神的存在。

有人连着吆喝三声："拜灯山喽！"声音是本地的乡音。

跟着鞭炮响起。据说燃放鞭炮，一为了祝兴；一为了通知村口戏台那边，表示这边的拜灯山仪式已经完毕，那边的大戏即将开锣。

灯官一行转过身来，经来路返回。随行的戏人开始戏耍起来，刚才那种虔敬与神秘的气氛转为火爆。渐渐的那穿装怪诞的一男一女两个丑角成了主角。

村人们都知道这男的叫"老王八"，女的叫"老妈子"。他们演的是《王八戏妈子》，但一般人说不清楚为什么王八要戏耍妈子。与我同来的研究民间文化的学者也无一能够说得明白。中国的民间文化从来都是这样——我们不知道的远比知道的多。

倘若听当地老人说一说，这两个人物的来历非同小可。他们竟是神话时代的北方之神玄武与玄武的妻子。

玄武在道教中主管北方，所以北方百姓对玄武尤其崇敬。

然而，在中国的民间，人们对自己的敬畏者并不是远远避开，而总是尽量亲近，与之打成一片。敬畏龙王又戏龙舞龙，惧怕老虎却反而将虎帽虎鞋穿戴在孩儿身上。由于传说中玄武是龟蛇合体，民间称乌龟为"王八"，故戏称玄武为"老王八"。而"老妈子"是此地人对老婆的俗称。这样一来，神与人便亲密起来。人们把老王八的脸画成一个龟面；头上竖一根珠簪，舞动时，珠簪乱颤，好似蛇的芯子；脖子上还戴一串铃铛，一边跑一边哗哗地响。"老妈子"的脸被画成鸟面，头顶红辣椒，手挥大扫帚，两人相互追逐，滑稽万状，尤其到了十字街口供奉火神的灯杆下，有一番激烈的扑打，最后老王八将老妈子拥倒在地，引得人们哈哈大笑。据一位老人说，这不是一般打逗，是表示玄武夫妻在交媾。传说中玄武与妻子生殖能力极强，此中便有了多子多福的寓意，分明是一种原始的生殖崇拜了。对于远古的人，生殖就是生命力；生殖本身就是最强大的避邪。它正是这一古俗里久远与深刻的精髓。在这些看似戏闹的民俗里，潜在着多少古文化的基因呢？

老王八扑倒老妈子之后，这边的活动即告结束。此时，不远的村口锣鼓唢呐已经大作起来。那边欢庆的气氛与这边快乐的情绪如同两河汇流，顷刻融在一起。大批的人涌向村口戏台。

据说，身后的灯山楼那边，会有一些不孕女子偷油灯，拿回去摆在自家供桌上，传说可以早日得子；还有人举着娃娃去爬灯杆，寓意升高……据说，先前蔚县一带不少村庄都有拜灯山的风俗，但大都废而不存。传衍至今的独独只有上苏庄村。

对于拜灯山,我所看重的不只是这种具有神秘感的风俗形式,更是其中那种对命运和大自然的虔敬、和谐的精神,还有亘古不变的执着与沉静。

2004 年 1 月 10 日

探访缸鱼

前两日,杨柳青镇玉成号年画庄的霍庆有师傅风风火火打电话来,急着把一个好消息当作礼物一般送给我。他说他访到一位画缸鱼的乡间艺人,就在张窝附近。他的大嗓门在话筒里叫得很响:"他现在就在家里画呢!那样子就和老年间画年画一个样。满床满地满屋子全是'缸鱼'。老冯,快去看吧,诚好看啦!别处再看不着啦!"

我一听,人在家中,心儿却一下子飞到津西天寒地冻的乡间!

近十年,我在津西一带年俗的考察中,年年腊月都会在集市上看到这种艳丽夺目的年画——缸鱼。蓝绿的底子上,一条肥头大尾的大红鲤鱼游弋其中。绿叶粉莲,衬托左右。四个大字"连(莲)年有余(鱼)"印在上边。那股子喜庆劲儿,活泼气儿,讨人欢喜的傻头傻脑的样子,特别惹眼。别看摆在人山人海集市的地摊上,打老远一眼就能瞧见它。但它是谁画的呢？这种画只是用一块线版印墨线，没有套版套色，所有颜色都是手绘的。但它们的着色很大气，下笔大胆，粗犷，厚重，果断，痛快。这些浓墨重彩的乡间艺人身在何处？我问过一些卖画的小贩，回答都很含糊，或者推说不知，或者说得不着边际。于是，我每年从静海、独流、杨柳青一带的乡村集市回来，都会买几张缸鱼，连同对这些无名艺人的敬仰与迷惘，一同收藏了起来。

我一直心存着寻找他们的渴望！因为传统的农耕文明在飞快地瓦解，生活方式发生骤变，水缸正被自来水代替。缸鱼都是贴在水缸上边墙壁上的。现在家中什么地方还能贴一张缸鱼？毫无疑问，这些画缸鱼的人无疑是最后一代乡间艺人了。

玉成号的霍师傅是我的好友，也是我的知音。他不单对年画起稿、刻印、手绘无不精通，还有难能可贵的文化眼光，经常急急渴渴地跑到乡镇各处，去搜寻寥落无多的年画遗产。他可远比一些泡在书斋里的文人更深切地珍惜自己的文化！去年，他还向我介绍一位能够手绘五大仙的老者。这老者住在方庄。手绘的水准应是一流。我相信当今能够手绘五大仙的，不会再有第二位了。

转天我们把车子开得飞快，到杨柳青接上霍师傅便出镇向西。过了方庄、张窝、古佛寺，东拐西拐，纵入一片乡野。待车窗外出现茫茫的褐色的土地，横斜着冻僵的柳条，白晃晃的冰河，还有歪歪扭扭、没有人影的乡间小路。我心里高兴起来。我知道，只有在这大地深处，才能见到最原始又是活态的民间年画了！

车子驶入一个安静的小村。村口立着一块水泥碑，上边三个描红的刻字"宫庄子"。远远就见一个人站在街口。霍师傅说，就是他，他叫王学勤。

　　这位画缸鱼的王学勤，瘦长而硬朗，布满皱痕的脸红得好看；一身薄棉衣穿得大大咧咧，透着些灵气。他见面便说："您六七年前来过，那时我出门在外没见着。"我却怎么也想不起这

◎ 二十世纪初，每年过年都要去南乡宫庄子看望画缸鱼的年画艺人王学勤

回事来。近十年我跑遍津西一带，察访乡间艺人，结果大多是扑空。故而，常常觉得在现代大潮的驱赶中，农耕历史离去的步履太快太快，快得我们追也追赶不上……

一个小小院落，一排朝东四间小屋，三间住人，一间黑乎乎，似是堆着杂物。低头钻进一看，花花绿绿，竟然是贴了满墙的缸鱼。两尺多长的金鳞红鲤摆着宽宽的尾巴，笨拙又有力，由里向外沿墙游动。直把身边的荷叶荷花挤得来回摇摆。我很激动。因为我终于看到了数百年来杨柳青年画的乡间艺人——也就是农民究竟怎么作画！他们的炕桌上堆满大大小小各种色碗色罐。里边五彩缤纷全是颜料。他们使用的是品色。品色极鲜顶艳，强烈而刺激，别看这些碗罐全都沾满厚厚的尘土，但涂到了画上，那色彩却能冲入你的眼睛。不信，你把这缸鱼拿回家，在屋里随便什么地方一挂，保证你屋里别的什么东西也都瞧不见，抢入眼帘的只有这大红大绿大黄大粉再加金的缸鱼！

杨柳青人画年画是流水作业。他们贴墙装着一排排窗扇似的活动画板，把画纸贴在板子的两面。等画完这前后两面，便掀过这扇画板，画下一扇。这样既节省地方，又便于流水式的一道道地上色。王学勤说他这缸鱼，总共要上十二道颜色。每一次画五十张。先前一天一夜就能画完这五十张。现在却得画三天。他已经六十六岁了！

真不像！这并不是客气话。这缘故是他一直还在地里干活。农忙种地，农闲作画。乡间的民间艺人自古如此。而且这些手艺全都是代代相传。他说，他上边五代人都善画。他们这宫庄子，还有附近的阎家庄、小甸子等等一些小村，不像张窝和炒

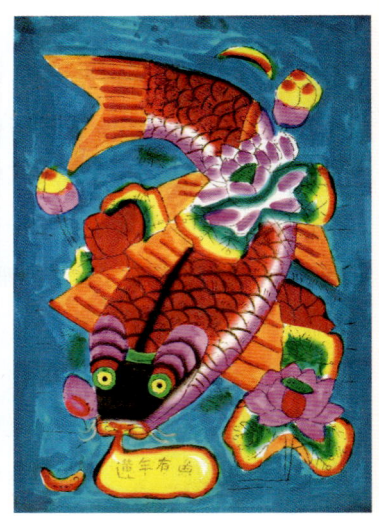

◎ 年画缸鱼

米店，没有常年的专业性质的年画作坊，纯属农家的副业，一撂下锄头就拿画笔，活儿紧的时候，全家人都上手，画的大多是粗路活，或是从杨柳青镇一些画庄里领活。他听爷爷说过，他们王家还给杨柳青镇上玉成号霍师傅家画过活呢！这话说得霍师傅咧开大嘴得意地笑了。当年的玉成号可是个做年画的大字号。

如今，世风的嬗变，年画消隐了。镇上只剩下玉成号一家。年画从年俗中渐渐退身出来，已经成了一种独具特色的传统工艺。在乡间，实用性民间木版年画只剩下缸鱼和灶王几种。王学勤说，十年前他还骑车跑到天津，在小树林、地道外、河北大街一带批发他的缸鱼。现在他跑不动了。连小站、葛沽、青县这些过去常跑的路远的地方也不去了。最远就到静海。

我听了叫道:"原来静海的缸鱼是您画的!这下子可找到主儿啦!我一直以为是静海人画的呢!"

他龇着牙笑道:"静海哪有人画。只有咱杨柳青画。可是别人的缸鱼都是头朝一边。我的缸鱼有朝左的,有朝右的,两种。因为水缸有时放在门左,有时放在门右,画上边的鱼脑袋必得朝外。我画的灶王也分两种,因为灶台也有门左门右之分。灶王桌下边不是有条狗吗,狗脸必须朝外,俗话说'狗咬外',狗不能咬自家人呀!"

这话说得我大笑。这些古老的传说,这些幽默的情趣,这些画里的故事,叫我深深感受到先辈农民对生活的虔敬与那一份美好的企盼。

我问他:"现在农民搬进新居,过年时还贴缸鱼吗?"

他说:"有的还贴,就贴自来水龙头上边。反正有水就有鱼呗!"

我又笑了。文化习惯真要比生活习惯牢固得多!

王学勤画缸鱼赚钱有限。一张报纸般大小的画,连纸带印,还要画十二道色,一张才卖一块钱,批发五角,利润相当有限。按照现代都市的价值观,缸鱼的前景当然危在旦夕。可是如果哪一天王学勤撂笔不画,会有多么可惜。传衍了至少两三百年的缸鱼会不会就此断绝?但王学勤说:"赚不赚钱我都画,只要有人贴我就画,不能叫人买不着缸鱼。"他还指着身边一个小伙子说:"如今我儿子也行了,他个人也能画了。"

这叫我很高兴,也很感动。当今画坛,有几个人能这样"为艺术而艺术"?

王学勤叫我为他题字。他的笔泡在一个破水缸底子盛着的水里。

我取笔蘸墨，一挥而就，写下心中的祝愿：

年丰人寿久，笔健画运长。

写完搁笔，扭头忽见一缕阳光从门外射入，被缸中的水反映在墙上。水光晃动，正照在墙上那些彩画的大鱼身上。这些如花似锦的大鱼一时仿佛活了，笨头笨脑、摇着尾巴游动起来。

2002 年 1 月 28 日

守望在田野

辛巳腊月二十，已近壬午岁首，由北京奔天津，旋即赴山东潍坊。此次已是三顾潍坊，但不同以往的是，这次要为西杨家埠村一位民间年画的奇人杨洛书颁发联合国教科文组织认定的"民间美术大师"证书。

这件事起由，还是源于两个月前到西杨家埠考察时，结识了这位年逾古稀的杨洛书。他是大名鼎鼎的同顺德画店的第十九代传人。身材很是矮小，像四川人，全然没有山东人的模样。比起来反倒是我更像一条齐鲁大汉。然而他双手力气奇大，手握刻刀，切入一块坚实如铁的杜梨木板时，有如画笔一样游刃自如。杨家埠年画与杨柳青年画最大的不同，是后者半印半画，手绘为主；前者全是木版套印，一张画至少套四五块版。故而它最大的特点是套版精准，版味十足。因之，刀头的功夫便称甲于天下。如今七十六岁高龄的杨洛书，依然还能刻出细如毫发的凸线来，真叫人惊叹不已。而老人不像一般年画艺人，他不总依赖老画样，而是喜好自创画面。近年来，他居然达到一生的黄金时期。去年完成一套《梁山好汉一百单八将》。一条好汉一幅画像，一幅画五块版，一套画要刻五百块版。今年又完成《西游记》上半部，又是两百块版！而且，每年印画三万，远销西北东北，乃至海外。这样的艺人在年画史上恐怕亦不多见。怎么能叫他湮没无闻呢？连那些扯着嗓子也叫不出声的"歌手"也能火爆一时，怎么能让这样的民间国宝埋没终生？

  尤其我国年画乃是农耕文明的产物。在工业文明的取代中，已经进入衰退期。我国一些年画产地如杨柳青、朱仙镇、武强等地，年画正在由民间的实用美术转变为一种过去时的历史文化。然而，杨家埠却是一块例外的绿洲，它依然兴旺，每年杨家埠村生产年画竟能达到两千万张！谁来解释其中的缘故？当今的文化学者少得可怜，更是很少有人关心田野间民间文化的存亡。我想，我应该做的，首先是将这位老艺人"保护"起来。因为民间艺术发展的前提，是这种艺术处于活态，那就必须有艺人在！没有艺人，传承中断，马上就成为历史。谁也无法使它复活。

  于是两个月里，我通过中国民协，为杨洛书申报联合国教科文组织的"民间美术大师"的称号。当然，我们送去的材料是"硬邦邦"的。我在推荐书上写道"杨洛书先生是中国现今仅存无多的木版年画传人，而他又处在创作高峰期，实为罕见。且技艺高超，深具年画正宗传统，故推荐之。希望通过这一命名，以记录和保护这位农耕文明中产生的民间艺术家"。这样，很快杨洛书得到了联合国教科文组织的认定。他成了中国年画界第一位世界级的民间艺人。

在为杨洛书颁发证书仪式后，回到旅店，老人忽然来访。脸上充满感激之情，使我惶然。我说，这个称号您是当之无愧的，推荐给联合国不过是我们的责任而已。

可能由于我的话很真诚。老人一激动竟意外地讲出自己心中的一个悔恨——

他说，他家藏的古版中，有一套《天下十八省》，版之精细，举世无双。他说，这是一幅带画的中国地图，连哪位将军镇守哪个关塞，全都刻着一个小人站在那里。整幅地图上站满古今大将，十分好看。版上刻的字，只有高粱粒大小，但清晰又精美。说话间，一种钦羡之情，溢于言表。他还说，这套古版在"文革"中，被他埋在猪圈里才保存下来。但是在八十年代，来了三位日本学者，死磨硬泡，结果用了两千元给弄走了。

他说得心痛，愧疚万分。那表情像是心脏闹病了。

我问他："您为什么卖给他们呢？"

他没有回答。我想，他为了钱吗？可是他又告诉我，后来他把另一块十分珍贵的明代弘治年间的家藏古版和家谱世系图捐给了中国历史博物馆。

显然他不是为了钱。他深知古版的价值，才把古版送进博物馆。那么他为什么卖给日本学者，是因为他觉得对方真正是这些古版的知音？他害怕再有什么意外的动荡会失去这些传世之宝？反正他没有力量保护住这些民间的遗产。如果他把这些东西当作家财，便会传给后代；如果他把这些祖先留下的精华当作至高无上的宝贝呢？他会很惘然。我们的传统是从来不重视民间的！

我一边想着这些问题，一边对他说，如今他已是世界级"民间美术大师"。一是不要印画太多，画上要签名，价钱不能太贱。卖给老乡们可以便宜些，卖给外国人价要高。二要注意防火，他家中除去纸就是木版，极易失火。三是要注意身体。我说："您长寿就是杨家埠年画的福气！"

老人忽起身，从提包中拿出一个锦盒，里边是一块古版。古版黝黑，带着年深日久的气质，感觉极老，且又完整。正中为财神，绕身五子，举灯执花，各尽其妙。人物个个饱满富态，皆有古韵。老人说这是他家传古版《四门神花五子》，为道光十四年之物，共两块，为一对。他说："这块送给你，那一块我留着。咱们一人一块，我给你写了一张'证明'，上边有我的名字。证明也是两张。两张中间盖着我的图章。放在一起可以对起来。等将来我走了，我会把我那半证明交给我儿子。"

我一看，这证明的一边果然有一半图章，还有一半竖写的字为"壬午年冬"。老人像虎符那样，留给我一半。

一半的证明，一半的门神。一人一半，更像信物。这件事老人做得有情有义，更有深意！

我很感动！他把古版交给我，是信任我，视我为知己，他知道我会把这古版视作无价之宝。从中我忽然一下子明白，他当初为什么把《天下十八省》让给了那三位日本人，一定把那日本人也当作知己，当作他挚爱的艺术的保护者了！后来他一定后悔了。因为古版一去不回，如同毁掉！他哪里知道日本人对我国民间文化遗产的"挖掘欲"和"拥有欲"!于是我对他说:"这版我先收下。我收着的可是您这份情意和信任。等将来我老了,我会把这块版再送回来。因为它是属于杨家埠的!"

老人笑了。

我接过古版。版很重,重如石板。我忽想,谁来保护这些在大地田野中一直自生自灭的民间文化呢?

2002 年 2 月 8 日

武强屋顶秘藏古画版发掘记

一场三十年来罕见的冷风急雨,把我们这次田野抢救逼入困境。但我们没有退路。因为秘藏在一座老宅屋顶上的武强年画古版等待我们去发掘和鉴定。此刻,这批古版危机四伏,一些文物贩子正伺机把它搞到手。据说当地政府已经派人去看守这座废弃已久、空无人居的老宅,他们守得住吗?这更促使我们尽快驰往武强。

缘　起

为了这批古版,一年里我已经第二次奔到武强。

去年(2002年)年底,在一次民间文化抢救座谈会上,偶从河北民协主席、民俗学者郑一民先生口中得知,武强某村一处民居的屋顶上藏着许多年画古版。但郑一民所知也只是这短短一个信息。此外一切空寥不闻，甚至连这村名也说不出来。对我却是一个极大极强的诱惑。这到底是怎样的村落与人家？秘藏古版是何缘故？现况如何？有多少块版？哪个年代的刻品？有无历时久远和精美珍罕的画版？一团美丽的猜想如同彩色的烟雾变幻无穷地盈满我的脑袋，朦朦胧胧又烁烁发光。在如今古画版几乎消泯于大地的时候，哪来的这么一大批宝贝？郑一民告诉我一个金子一般的消息。

春节前1月22日。我由内丘魏家村和南双流村考察神马后，旋即奔往武强。目标直奔这批神秘的古版。在武强，见到主持年画工作的县委副书记于彩凤和武强年画博物馆馆长郭书荣，便知这是他们按照中国民间文化遗产抢救工程的计划对武强年画进行拉网式普查时，由一位聘请而来名叫吴春沾的民间艺人在县城西南周家窝乡的旧城村发现的。据说这老宅的屋顶上整整铺了一层古版！但他们却像碰到一个薄如蝉翼的瓷碗，反倒不敢去碰一下。为什么？一是不知这房主到底是怎样一个人，会有怎样的想法与要求，弄不好"狮子大开口"怎么办？二是担心消息走漏出去，被那些无孔不入的文物贩子得了讯息，暗中下手把这些宝物"挖"走。我说我很想去看个究竟。郭书荣笑着说："你要去，就会把事闹大了，把文物贩子全招惹来了。"我笑道："我先忍下了。你们可要抓紧。一切都要秘密进行，千万别再透出风声。"说到此时，心里真有一种古洞探宝那种紧张兮兮之感，就像少年时读史蒂文生《宝岛》时的那种感觉。

我对武强人的文化责任是放心的。早在八十年代，他们便先觉地察觉到，农耕文明正在从田野大规模而悄无声息地撤退。他们动手为先人建起了一个很舒适又精美的殿堂——武强年画博物馆，以使退出历史舞台的年画永远安居于此。直到今天武强年画博物馆仍是国中规模最大、设备最为优良的专业的年画博物馆。所以，在和他们分手时，我没再提那古版，只是用手指一指头顶上，暗示屋顶——秘藏。这二位讲求实干的武强人则用点头回答我。头点得很坚决。当然也为了叫我放心。

此后数月，尽管天南海北地奔波，心中却总觉得什么地方有块小磁石微微又有力地吸着我——就是这武强的古版。每逢此时，我便会抓起电话打给郑一民，探询情形，并请他快快了解此事，以免夜长梦多，节外生枝。我知道这位燕赵汉子的脾气急，做事风风火火，而且一定要有个圆满结局。然而在这件事上却似乎有点"障碍"。每次催他，他只是回答我："快了。快了。"一直到8月蔚县召开的全国剪纸抢救专项工作会议上，郑一民才笑吟吟对我说："房主已经同意献出这批古版了。再告诉你一个好消息，不是一间屋而是两间屋的屋顶上全是古版。这家人是武强一个年画世家。版子全是祖传的。等这个会一开完，我就去武强亲自把发掘一事敲定下来。"后来才知道，郑一民为此事已经由石家庄到武强往返跑了五六趟。我们中国民协这些人真是棒极了！

然而就在武强那边紧张地筹备古版发掘时，我在天津忽然接到杨柳青年画艺人霍庆有师傅的电话说，一个古董贩子悄悄告诉他河北武强有个人家的屋顶藏着许多老版，问他要不要。霍师傅是杨柳青仅存无多、传承有序的艺人，"勾、刻、印、画、裱"全能，而且比一些文化人还有文化眼光，多年来一直致力于古版的收集与收藏。他身边总有几个耳目灵通的古董贩子，给他通风报信。他说，贩子说了，只要他肯出钱，一准给他弄来。我一听便急了，赶紧给郑一民通电话。这才知道武强那边也听到古董贩子入村打探并频繁活动的讯息。当地政府也说话了，绝不叫贩子们得手！正在派人将这幢老宅看守起来。看来这"抢救"真有"抢"的味道了。

现场考察

10月10日中午我们在雨中抵达武强。

吃几口饭填了填肚子便要去旧城村。一是心急，想尽快看看这个诱惑了我近一年的神秘莫测的老宅，同时见一见这户主动献版的年画世家，虽然郭书荣领导的武强年画普查小组已经对贾氏家族做了深入又详细的调查，但出于写作人的"职业习惯"，我还是把实地感受放在第一位的。另一个原因是众多媒体，闻讯正由全国各地赶来。单是中央电视台就来了两个组，还有山东、湖南、河北，以及香港凤凰电视台的记者及各地报纸的记者，都已人马俱到。按照计划将在明天（11日）上午发掘古版，我担心到了那时，人太多，看不到这老宅平时的真正模样，也无法发现未知而重要的细节，故此我要捷足先行。

随我同往的是此次同来的几位年轻人。有山东电视台著名民俗影像专家樊宇，《天津日报》文化记者、作家周凡恺，《今晚报》文化记者高丽以及两位助手。当地政府为我们准备了一辆越野吉普车，以及每人一双又黑又亮的高筒胶靴。因为自清晨以来，小雨转为中雨，村路皆为土路，遇雨成泥。车子不能直接到达旧城村，至少还有几公里的泥路要靠步行。

果然，离开县城不远就没有柏油路了。开始路面还硬，但在拐进一条很窄的如同田埂的小路时，已经完全成了烂泥，低洼处全是积水，而且雨还在不停地下着。驾车的司机原想尽可能往前开，接近村子，使我们少走一些泥路。但不久我们的车滑下路面，陷入松软的麦地；另一辆车干脆扎入沟中。大家换上胶靴，改为步行。我的麻烦是脚太大，靴子太小，至少短五厘米，如同"三寸金莲"。一位同伴急中生智，叫我用装胶靴的塑料袋套在脚上。这样，我们走在烂泥路上，形同一伙乞丐，而且脚底极滑，左歪右晃，大家笑我，说我是"丐帮的首领"。然而人人都是顶风冒雨，湿衣贴身，湿发贴面，歪歪扭扭跋涉于泥水之中，哪个好看？于是，相互取笑，不知艰辛，渐近村庄。

远看旧城村，真是很美。这里原本是中古时期武强县城的所在地，后被洪水淹没，县城易地他处，此地遂被渐渐遗忘。由是而今，时隔太久，繁华褪尽，已退化为燕赵腹地一个人口稀少、毫无名气的小村庄。也许正是偏远冷僻之故，才更多地遗存着农耕时代原生态的文明。

小小的村落，稀疏又低矮的房舍，河水一般弯弯曲曲的村路，大半隐藏在浓密的枣树林中。枣儿多数已经变红，还没打落，艳红的小果挂满亮晶晶的雨珠，伸手就可以摘一个吃。

我想，倘若晴天里，这大片大片的枣林一定会更绿，阳光下的红枣个个都闪亮夺目，黄土的村路踩上去也必定既柔软又温馨。可是此时在雨里——它不是更美吗？在细密如织的雨幕后边，一切景物的轮廓都模糊了，颜色都淡化了，混成朦胧的一片。旧城村就像一幅水彩画。

我们的目标不难找，就在村口处。外表看有点奇怪，是一幢挺大的红砖房子，平顶，女儿墙砌成城堞状，形似城堡。房子并不老，机制的红砖经雨水冲刷，反倒像一座新建的砖房。但走进院门，却似进入另一个历史空间。一个长条小院，阴暗深郁，落叶满地，墙角扔着许多废弃的杂物，野生的枝条乱无头绪地从这些杂物的缝隙中奋力地蹿出来，形似放歌，有的长长的竟有小树那样高。房屋坐北，一排五间，中间是堂屋，两边东西两间，再靠边左右各一间小小的耳房。窗子作拱状，墙是老旧的灰砖，墙皮已风化和碱化，与外墙的红砖一比，一里一外一新一旧，截然不同。在院里看分明就是个老宅子了。这使我颇为诧异，为什么要在老房子外包一层新砖，伪装吗？为什么要伪装？那秘藏的画版就在这怪房子的屋顶上呀！

郭书荣馆长请来这房子的主人贾氏兄弟振川、振邦和振奇。经他们一说便知贾氏原是旧城村中传承很久的年画世家。从事年画至少六代。贾氏最辉煌的年代应是太祖父贾崇德时期。那时，贾家在本村和县城的南关都有作坊，店名叫作"德兴画店"，年产二百万张，远销到山西榆次和陕西凤翔。太祖的大业传至祖父贾董杰一代，便遭遇到日本侵华和国家动乱的时代，贾氏年画发生由兴而衰的转折。待到贾董杰把家产分给自己的两个儿子贾增和与贾增起时，最珍贵的东西便是520块古版了。

年画的生命是印画的雕版。贾家人只印不刻，画版就是饭碗。故而，贾振邦对我说，画版养活了他家一代又一代人。

贾增起就用他从祖辈继承的260块木版，一直印到二十世纪五十年代。后来，随着世风的变迁，年画的衰微，他无奈地放弃了画业。然而放弃画业却不能放弃画版。他一生经过许多战乱，每逢战乱都把画版埋起来，设法保住。武强地势低洼，时有洪水袭击；遇到洪水来临，便把画版搬到高地上，昼夜看守。可是，自打贾增起不再印画，专事务农，这批画版的存放便成了问题。直到1963年，一次大水过后，家里翻盖房屋时，索性把这些画版藏在屋顶上。好像只有放在这个旁人不可能找到甚至想到的地方，才会感到安全。谁料正是藏在这绝密之处，这批古版才躲过了凶暴的"文革"。全国各地的年画古版绝大部分都在"文革"中销毁。有的画乡是把全乡上千块版堆起来一把火烧光。至今，武强年画博物馆中还保存着一块"文革"时人们被迫用菜刀削去凸线的画版呢——它刻骨铭心地记载着民间年画的劫难史！

为此，每当房子的外墙破裂出现问题时，贾增起绝不拆房重建，他怕顶上的古版"露了馅"，便想个主意，在老房子外边包了一层红色的机制新砖，索性把这座秘藏古版的灰砖老屋包在其中，隐蔽起来。在河北乡村，房子是忌讳内外两层，形似棺椁。但他宁愿犯忌，也要使古版安然无恙。

贾增起于1992年去世。此后，儿子们都搬到外边成家，这老宅院便无人居住，屋中堆满在漫长的生活中不断淘汰下来的杂物。待贾增起的儿子贾振邦打开房门，请我们走进去，一瞬间的感觉真像一个世纪前第一批探险者进入敦煌的藏经洞那样。几间屋中是那些随手堆在那里的破柜子呀、手推车呀、乱木头呀、小碟小碗呀、壶帽呀、木杆木棍呀，等等，全都蒙盖着很厚一层灰尘。郑一民说，他们前些天钻进这屋子时，蜘蛛网多得吓人，他们用了不少时间才把满屋的蜘蛛网挑去。但此时角落里还有一些蜘蛛网在我们手电筒的照射中闪闪发亮。

我最主要的目的是把秘藏于屋顶上古版的状况弄明白。经贾氏三兄弟介绍，这一连五间的屋顶都是用胳膊粗的树干作为椽子架在梁上。树干是自然木，歪歪扭扭，很是生动。椽子上是一层苇席，苇席上是一层画版。据贾振邦说画版上是一层黄土，黄土上是一层砖，砖缝勾灰，以防雨水。

当年贾增起秘藏这批古版时是颇费心机的。他把古版放在屋顶下边，以使画版存藏安全；画版下的苇席，一为了遮掩，一为了透气。据说最早还用棉纸吊了一层顶子，现在吊顶已经脱落。在贾振邦的指点下，仰头而望，从一些残破的席子中真的看到藏在上边的几块古版的边边角角。有的发黑，却能看见版上雕刻的凹凸；有的则是红色或绿色的套版。这令我惊喜至极。一年来一直惦记的宝物就在眼前和头顶上。几乎是举手可得呢！

经查看，这五间屋中，中间的堂屋由于平时常有外人来串门，故顶上没有藏版。两边的东西两间及里边的左右耳房比较私密与安全，古版藏入其顶。用目测，东西两间各十平方米，耳房三平方米。倘若将画版铺平,应为二百至二百五十块!

除去画版,在堆积屋中的杂物里,还有两辆当年贾家先人外出卖画时使用的独轮手推车。这使我马上想到,武强人那首当年推车进京卖画时边走边唱的"顺口溜":

彭仪门,修得高,
大井小井卢沟桥,
卢沟桥,漫山坡,
过了窦店琉璃河,
琉璃河,一道沟,
十二连桥赵北口,
赵北口,往南走,
过了雄县是鄚州,
鄚州城,一堆土,
过了任丘河间府,
河间府,一条线,
过了商林是献县,
献县大道铺得平,
一直通到武强城。

心里一念这顺口溜,眼前的车子好像"吱吱呀呀"活了起来。

贾振邦说:"这辆车推活我们一代代人。后来父亲不印画了,就用这辆车去县城赶集,卖菜,换鸡蛋,供我们哥几个上学,念初中、高中。父亲说再苦再累也得供我们上学……"说到这里，凄然泪下。

其兄贾振川告诉我："这车子左右两边，原来还有两根棍儿，已经掉了。上边各写一行字，即'远近迟迷逍遥过，进追游还遇道通'。每个字中都有一个'走'字"。

这两行字显然是武强人远出卖画时的心中之言。既有默默的企望，也有一种自由与潇洒；还有一种武强人特有的文字上的智慧，这在武强年画（如半字半画的对联）中表现得十分鲜明。

屋中另一件值得注意的是几件废弃的箱柜。柜子上的顶箱，里里外外全糊着花花绿绿的年画。细看都是"灯方"。显然，当年由于顶箱残破，就用印废的年画粘糊。这个细节，足使我从满屋七零八落的东西——这些历史的残片想象出昔时一个家庭式年画作坊的彩色图景。郭书荣说，前些天他们还从这柜子里发现一卷文书呢。待贾振邦拿来一看，颇是珍贵。三件文书一为买地契约，二为分家的契约。买地契约为咸丰元年（1851年）；分家契约一件为民国六年（1917年），另一件被鼠咬，年代缺失。值得注意的是，这两件分家契约在提到画版时，都有一句话是"本画版只许使，不许卖"。

在传承的意义上，这句话很像宁波天一阁范氏家族的"代不分书"，体现武强人对画版的珍重，也说明画版在民间文化上具有重要的传承性。因而，守住画版是武强年画艺人们的一个坚定不移的传统。正由于这句话，这批顶上画版历尽凶险，保存到了今天！

从前一件文书（咸丰元年）看，立约一方为贾崇德。贾崇德的父亲贾行礼肯定生活在道光年间，如果还早——便是嘉庆。那么这顶上秘藏之版会有嘉道的古版吗？如果贾行礼一代手中还有来自他的先人更早的古版呢？此时，我对屋顶上的古版已充满神奇美妙的猜想了。

为此，在第二天发掘古版前的新闻发布会上，我说："这顶上秘藏古版最大的悬念是有没有清初前三代的古版，倘若有，就是民间国宝。"

发　掘

10日晚，冷雨彻夜未停。我给京津的亲友们通了电话，方知数十年未遇的寒流正笼罩着我们这次田野抢救。

11日清晨。得知由京、津、鲁、楚等各地闻讯而来的专家与记者已有百余人。星夜里赶至武强的有著名民俗学者白庚胜和民间艺术专家、中央美术学院教授薄松年先生。薄松年先生的到来将使这次古版的鉴定更具权威性。但老先生早已年过七十，居然冒雨而来，令我感动。此时，雨未停，风又起。我拟建议发掘一事改期。但记者们的积极超出我的想象。《东方时空》、山东电视台以及凤凰电视台的记者们连早饭也未吃，揣些干粮在衣兜里，就扛着机器奔往旧城村。争取在大批发掘人员与记者们到达之前，占得最佳机位。

早饭时，我对薄松年教授说："道路很滑，您不要去了。"

薄松年教授："不，我一定去。搞田野调查怎么能不下去？"他很坚决。

我与郑一民和县政府有关人士经过紧急又短暂的讨论，决定按原计划今日上午发掘，下午鉴定。但要注意几点：

1. 要保证发掘出来的古版不遭受雨淋；
2. 每块版出土都要编号；
3. 确保现场所有人员的安全。

大队出发时，当地政府为大家又准备了一百双胶靴，竟无一剩余，可见人们对发掘过程的关切。

我因昨日去过现场，没有再去，而是去武强年画博物馆看馆藏的古版。我想更多地了解武强画版的题材种类、不同时代的风格，以及刻版的手法，好为下午的鉴定做相关的准备。

武强年画博物馆已经整理出来的古版有3788块，包括套版。其中二级文物40件，三级文物90件。在近期对年画产地拉网式的普查与抢救中，又获得一些古版，尚未清理出来。已整理好的古版均整齐地放在柜橱与书架上，只是还没有实行计算机的管理。武强年画博物馆的藏版数量在中国各个产地中应占首位。这表现武强年画资源的雄厚和他们对自己文化的珍重与经意。

在发掘现场那边，进展顺利。后来我通过樊宇的现场录像看到，发掘时首先除掉屋顶的砖层，砖块下边的一层黄土很厚，达三十多厘米。发掘人员除去土层，再用瓦刀小心而轻轻地将画版一块块从土里取出，有如发掘古墓中的随葬品。然后依次编号，装入事先备好的硬纸夹，再装入防雨的塑料袋中。

◎ 2003年对武强年画做抢救性调查

然而，遗憾的是，由于房子历时太久，顶上砖层的灰缝早已开裂，长年渗入的雨水或融化的雪水，浸湿了土层。武强的土是黏土，一旦渗入水分，很难散发。尽管当年贾增起藏版时将雕刻的一面朝下，但木版很怕水与土，故而背面大多朽坏，严重者糟烂不堪，面目全非。西边房内用纸吊顶棚，比较透气，尚有一些古版较完整地保存下来；东边房内的纸吊顶棚坏掉后，改用塑料吊顶，水汽闭塞在内，致使顶上藏版全部腐烂，无一幸存。这是事先全然不曾想到的。也是任何考古发掘都共有的一条规律：结果无法猜，只有打开看。至于这次发掘成果究竟如何，还要到下午的鉴定会上才能做出评估。

鉴　定

下午三时，在武强年画博物馆正门前的走廊上，摆放一条十多米长的巨型桌案。被发掘出的贾氏秘藏年画古版，整齐地平放在桌面上。总共52个硬纸夹，纸夹上有编号。内放画版155块。等待着专家们一一鉴定。记者们里三层外三层地围着，心情兴奋又急迫，想看看这中间究竟有没有"宝物"。

参加鉴定的专家共七位。有薄松年（中央美术学院教授）、白庚胜（民俗学家）、郑一民（民俗学家）、郭书荣（武强年画专家）、张春峰（武强年画专家）、崔明杰（衡水市文化局专家）和我。

经过近一个小时对这批古版的反复观察、研究、比较，我大致得出以下的结论：

1. 旧城村贾氏秘藏的古版约为三百块。由于东边藏版全部朽烂，损毁一半左右。

2. 已发掘出的古版155块。因朽坏而面目全非者占五分之三，套版占五分之一，线版占五分之一。由于武强画版多为窄条木板（宽约二十厘米）榫接而成，一些线版仅为半块，完整和较完整的线版为15块。

3.此次发掘的古版，没有神马和神像，如最常见的"灶王"与"全神"，一块版也没见到；没有"门神"；没有武强年画中最具特色的"灯方"和"窗花"。在体裁上，多为四裁或三裁的"方子"，也有少量的贡笺，因为这种贡笺的大版都是木板条拼成的，其中一些部分朽毁，故皆残缺不全。

此次发掘的古版在题材内容上颇为丰富。经过初步考辨，已知有娃娃戏、戏剧画、吉祥画、美人图和社会风俗画等。

4.由于画版表面都有不同程度的浸损，很难从视觉上观察古版的年代。确认年代的依据主要是两条：一是画面的内容与风格；二是刻版的时代特点。经与专家们讨论，后又做了进一步研究，对较完整的15块线版做出初步鉴定：

序号	发掘时纸夹号码	画名	体裁	鉴定年代	画店名称	备注
1	20	美人图	对幅	咸同	盛兴店	只有右幅
2	5	美人（富贵）	对幅	清末	复盛兴	只有左幅
3	36	乐鸽图	三裁	同光	盛兴画店	
4	28	钱能通神	三裁	咸同	盛兴店	
5	49	鹊报佳音	四裁	清末	东兴号	
6	8	三鱼争月	三裁	咸同	盛××	
7	6	万象更新	门画	同光	盛兴	右幅
8	10	猫蝶图	三裁	同光	盛兴画店	
9	13	盗芝草	四裁	清末	盛兴画店	局部有残

续表

序号	发掘时纸夹号码	画名	体裁	鉴定年代	画店名称	备注
10	45	游西湖	贡笺	同光		只有一半
11	35	忠心保国	三裁	清末		
12	26	双官诰	三裁	清末	盛兴画店	
13	39	蝎子洞	四裁	同光	盛兴店	
14	22	指日高陞	三裁	民国癸丑（1913年）	盛兴画店	
15	44	合家出行图	四裁	民国		

我对这批古版总的评价是：数量颇大，在当前我国年画生态日渐势衰、遗存所剩无多的情况下，有如此大宗秘藏古版的面世，令人惊喜。遗憾的是，那时村人保护手段极其原始，故绝大部分都已受潮朽烂，损失惨重。然而，从幸存的较完好古版看，收获仍很可观。从三方面说：一是有的年画题材虽然曾有运用，但此次发掘的古版的画面绝大部分未曾谋面，故有版本（或称"孤本"）的价值。二是一些古版雕刻甚佳，刀刻线条，如同笔画，婉转自如，极富表现力，应为雕版中的精品，如《乐鸽图》和《万象更新》。三是在年代上，下限为民国初年，上限可至清代中期。如《美人》和《钱能通神》，形象古朴，刀法纯熟，刻线柔和又生动，再晚也是清代中期的刻品。另一幅《三鱼争月》，尤使我关注。就其"三鱼争头"的图像而言，在

各地年画都未曾出现过。倒是在中古时代的壁画和侗族石刻中有此形象。此外，无论是构图还是构思，都具有嘉道或更早一些的特征。对这幅画我已在另一篇《古版〈三鱼争月〉考析》中详细道来。对发掘的这批古版的初步研究，也在《贾氏古版解读》一文中做了周到的阐述。

　　这次发掘古画版收获颇大。一方面，它将为武强年画乃至中国民间年画的遗存增添一份沉甸甸的财富。另一方面，也是使我更为感动的一则是来自全国各地的记者们，和我们一起跋涉于泥泞之中，顶风冒雨，绝无退缩。在"媒体指导生活"的时代，他们有此文化热忱与文化责任，乃是民间文化之幸事，也是我们所盼望的。因故，我建议武强年画博物馆将刚刚发掘出的古版，择选两三，刷印若干，赠予诸位专家与记者，作为纪念。同样受到了感动的郭书荣馆长立即应允，于是带着田野芬芳的古版年画便纷飞到众人手中。

　　此次田野作业可谓十足的艰辛。由武强返津路上，风雨大作。我们一行人分乘两部车，车身被狂风吹得摇晃——后来才知道河北沿海正遭受一次猛烈的风暴潮。偏偏行到中途，一部车子竟无端熄火，必须众人一齐推车助力才能发动，但走不多远又熄火停车。于是大家一次次去推，个个浑身被冷雨浇透，鞋子灌成水篓，以致到了青县一家乡村饭店烤火与喝姜汤时还在冻得发抖。田野抢救真的这样艰辛吗？

　　可是回到家中，打开从武强带回的《三鱼争月》一看，即刻满心欢喜。种种辛劳，一扫而空。

半年多来，武强顶上年画一事就此画了句号。然而，这仅仅是一个小小插曲而已。整个民间文化的田野抢救还处处都是问号呢。

2003 年 10 月 15 日

大雪入绛州

在禹州考察完钧瓷古窑出来，雪花纷纷扬扬，扑面而来，这雪花又大又密，打在脸上有种颗粒感。按计划要取道郑州和洛阳而西，经三门峡逾黄河北上，去新绛考察那里的年画。现今全国的十七个主要的年画产地中，就剩下晋南新绛一带的年画的普查还没有启动。晋南年画历史甚久，现存最早的年画就出自北宋时代晋南的平阳（临汾）。这一带很多地方都产年画。除去临汾，新绛和襄汾也是主要的产地。八十年代末我在京津一带的古玩市场曾买到过一些新绛的古画版。历史最久的一块画版《和合二仙》应是明代的。这表明新绛的年画遗存在二十年前就开始流失了。它原有的历史规模究竟如何，目前状况怎样，有无活态的存在，心中毫无底数。是不是早叫古董贩子全折腾一空了？

车子行到豫西，没想到雪这么大，还在河南境内就遇到严重的塞车。大量的重型载重卡车夹裹着各色小车像漫无尽头的长龙，一动不动地趴在公路上。所有车顶都蒙着厚厚的白雪，至少堵了一天了吧。我们想出各种办法打算绕过这一带的塞车，但所有的国道和小路也全都堵得死死的。在大雪里我们不懈地奋斗到天黑，又冷又饿，直到把所有希望都变成绝望，才不得已滞留在新安县一家旅店中。不知何故，这家旅店夜间不供暖气，在冰冷的被窝里我给同来的助手发了一个短信："我有点顶不住了，再找机会去绛州吧！"然而，清晨起来新绛那边派人过来，居然还弄来一辆公路警车，说山西那边过来的路还通，要我跟他们呛着道儿去山西。盛情难却，只好顶着风雪也顶着迎面飞驰而来的车辆，逆行北上，车子行了五个小时总算到了新绛。

  用餐时，当地主人要我先不去看年画，先去看光村。光村的大名早就听到过。还知道北齐时这村子忽生异光，因名"光村"。主人说，你只要去了就不会后悔，村里到处扔着极精美的石雕，还有一座宋代的小庙福胜寺，里边的泥彩塑是宋金时代的呢。我明白，他们想叫我们看看光村有没有保护价值，怎么保护和开发。而今年春天我们就要启动全国古村落的普查，听说有这样好的村落，自然急不可待要去，完全忘了脚底板已经快冻成"冰板"了。

  雪里的光村有种奇异的美。但我想，如果没有雪，它一定像废墟一样破败不堪。然而此刻，洁白的雪像一张巨毯把遍地的瓦砾全遮挡起来，连残垣断壁也镶了一圈白绒绒的雪，只有砖雕、木拱和雀替从中露出它们历尽沧桑而依然典雅又苍劲的面孔。令我惊讶的是，千形百态精美的石雕柱础随处可见。还有不少石础被雪盖着,看不见它的真容,却能看见它一个个白皑皑、神秘而优美的形态。它们原是各类大型建筑坚实又华贵的足,现在那些建筑不翼而飞,只剩下这些石础丢了满地。光村原有几户颇具规模的宅院,从残余的一些楼宇中可见其昔日的繁华并不逊色于晋中那些大院。但如今损毁大半,而且毫无保护措施。连村中那座被列为国家文物保护单位福胜寺中的宋金泥塑,也只是用塑料遮挡起来罢了。我心里有些发急,抢救和保护都是迫在眉睫了。根据光村的现状,我建议他们学习晋中王家大院和常家庄园在修复时所采用将散落的古民居集中保护的"民居博物馆"的方式。但这需要请相关专家进一步论证,当务急需的是不叫古董贩子再来"淘宝"了。因为刚刚从村民口中得知最近还有一些石雕的柱础与门狮被贩子买去了。近二十年来,那些懂得建筑文化的建筑师大多在城里为开发商设计新楼,经常关心这些古建筑艺术的却是不辞劳苦和络绎不绝的古董贩子们,这些古村落不毁才怪呢。

  从光村回到新绛县城后,这里的鼓乐团的团长听说我来新绛,特意在一座学校的礼堂演一场"绛州鼓乐"给我们看。绛州鼓乐我心仪已久。开场的"杨门女将"就叫我热血沸腾,十几位杨氏女杰执槌击鼓,震天动地。一瞬间把没有暖气的礼堂中的凛冽的寒气驱得四散。跟下来每一场演出都叫人不住喊好。演出的青年人有的是当地的专业演员,有的是艺校学员。应该说这里鼓乐的保护与弘扬做得相当有眼光也有办法。他们一边把这一遗产引入学校教育,从娃娃开始,这就使"传承"落到实处;另一边将鼓乐投入市场,这也是促使它活下来的一种重要方式。目前这个鼓乐团已经在市场立住脚跟,并且远涉重洋,到不少国家一展风采。演出后我约鼓乐团的团长聊一聊,团长是位行家,懂得保护好历史文化的原汁原味,又善于市场操作。倘若没有这样一位行家,绛州古乐会成什么样?由此联想到光村,光村要是有这样一位古建方面的行家会多好呵!

相比之下,新绛的年画也是问题多多。

转天一早,当地的文化部门将他们保存的新绛年画的古版与老画摆满一间很大的屋子。单是古版就有近二百块。先前,新绛的年画见过一些,但总觉得它是古平阳年画的一个分支,比较零散。这次所见令我吃惊。不单门神、戏曲、风俗、婴戏、美人、传说等各类题材,以及贡笺、条幅、横批、灯画、桌裙、墙纸、拂尘纸、对子纸等各种体裁应有尽有,至于套版、手绘、半印半绘等各类制作手法也一应俱全。其中一种门神是《三国演义》中赵云,怀里露出一个孩童——阿斗光溜溜的小脑袋,显然这门神具有保护儿童的含意。还有一块《五老观太极》的线版,先前不曾所见,应是时代久远之作。特别是十几幅美人图,尺寸很大,所绘人物典雅端庄,衣饰华美,线条流畅又精致,与杨柳青年画的"美人"有着鲜明的地域差异,富于晋商辉煌年代的华贵气质和中原文明的庄重之感。看画时,当地负责人还请来两位当地的年画老艺人做讲解。经与他们一聊,二位艺人都是地道的传人。所谈内容全是"口头记忆",分明是十分有价值的年画财富,对其普查,尤其是口述史调查需要尽快来做。只有把新绛年画普查清楚,才能彻底理清晋南年画这宗重要的文化遗产。可是谁来做呢?当地没有专门从事年画研究的学者，没有绛州古乐团的团长那样的人物，正为此，至今它还是像遗珠一般散落在大地上。这也是很多地方文化遗产至今尚未摸清和整理出来的真正缘故。而一些宝贵的文化遗产在无人问津之时就已经消失了。

雪下得愈来愈大，高速公路已经封了。原计划再下一站去介休考察清明文化已经无法成行。在回程的列车上，我的心里真是五味杂陈。三晋大地文化遗存之深厚之灿烂令我惊叹，但这些遗存遍地飘零并急速消失又令人痛惜与焦急。几年来我们几乎天天为一问题而焦虑：到哪里去找那么多救援者和志愿者？到底是我们的文化太多了，专家太少了，还是专家中的志愿者太少了？

我望窗外，外边的原野严严实实和无声覆盖着一片冰雪。

戊子春节初六

豫北古画乡探访记

在纷忙又焦灼的民间文化遗产的抢救中，所碰到的最大的快意便是忽有意外的发现。这发现，或是突然碰到一样先前不曾知道的美妙的遗存，或是一种谁也没见过的遗产被发现了。此刻，有如奇迹来到眼前，心中的惊奇与欣喜无可名状，眼前如光照般的明亮，一切纷扰与困顿不复存在。于是，我会情不自禁地骄傲地重复起关于中华文化遗产的那句不知说了多少次的话："我们不知道的远远比我们知道的多得多。"

今天，我又脱口说出这句话来。因为身处中原腹地的豫北的滑县，发现了木版年画产地。

一、初闻不信

初闻此事，我不相信。最早把这消息告诉我的，是河南民协秘书长夏挽群。我相信他的话。中州地区一百一十县,已经全部纳入他翻箱倒柜的普查工作中。此公做事向来踏实慎重,绝不会吹气冒泡,说风就是雨。可是,要说发现年画产地还是叫人起疑。早在半个世纪前(上世纪五十年代)对年画的调查中,所有年画产地就已经历历在目。甭说杨柳青、桃花坞、杨家埠、武强这些声名赫赫的大产地,就是一些作坊不多的用木版印画的小产地也都记录在案。哪还有一直深藏不露者?五十年来从未听说哪里发现一个新的年画产地。

可是,自2003年全国木版年画考察展开后,各省在一些不知名的地方发现精美的古画版的讯息,时时吹到耳边。但是这大多只是一些久弃不用的历史遗物,早就没了传人,如果说什么地方还有一个独立的活态的年画产地,几乎不能置信。它会不会是当年从河南最大的年画产地朱仙镇分流出去的一条支脉,就像从三门峡五里川镇的"卢氏木版年画"那样——几乎与朱仙镇一模一样?

尤其这个新发现的年画产地滑县,颇令人生疑。它地处开封朱仙镇正北方向,中隔黄河,相距不过百里。三门峡的五里川镇"卢氏木版年画"远在数百里外的豫西南,尚与朱仙镇年画为同一血缘,难道距离更近的滑县反倒是一个例外?这几乎没有可能。朱仙镇历史悠久,上及两宋,千年以来一直是中原木版年画的中心,中州的年画很难脱离朱仙镇的影响。如果滑县木版年画真的是朱仙镇一个近亲与分支,同属于一个文化与艺术体系,其价值就没有那么高了。

同时,我又想起,我在审阅《中国木版年画集成·朱仙镇卷》时，从一篇普查报告中看到过一段关于"豫北民间神像木版年画"的文字，提到过滑县、濮阳、内黄一带历史上都有过用木版印刷神像的历史，那段文字介绍得比较简略。但如果这里的木版画仅仅是民间用一些画版，印制一些常用的神像，就不重要了。说不定这些画版还是从朱仙镇弄去的呢！

二、见了一惊

今年开春，由于"新农村建设"大潮涌起，随即感到遍布九州大地千形万态的古村落要遭遇一次狂飙般的冲击，遂为其保护古村落而焦灼而奔波。首先要做的是寻求官员的支持。其实，无论破坏和保护，力度最大的都是官员。小小百姓最多只能拆去自己的老屋，能够用推土机推平一片历史城区吗？反过来，如果官员明白了其中的文化价值，一声令下，大片遗存不也就幸免于难吗？

我想起我的好友、舞蹈家兼学者资华筠的一句很精彩的话："关键的问题是教育领导。"

于是一边在政府高层官员中游说，寻觅切实的方案；一边通过中国民协在浙江西塘召开"中国古村落乡长会议暨西塘论坛"，邀请各地在古村落保护方面颇有成绩的地方负责人，共同研讨古村落的存在与保护方式。

这一波没有结束。跟着又是我国首个文化遗产日来到眼前。于是又演讲又著文，着力使这个旨在唤起民众文化情怀的节日能够发挥作用。究竟为了确定这个节日，我已经下了几年的力气。

就在这些"超大型的事"一桩桩压在肩上时，心中未有忘却那个隐伏在豫北的蒙着面纱的画乡。我曾在地图上找到它的位置，当我发现它身处四省之间——其上是河北、其左是山西、其右是山东。又正好是东南西北——中！这可是块奇特的地方。以我多年各地普查的经验，凡是省与省交界的地方，历史文化都保存得较好。唯有这里才是行政与经济开发的"力度"都不易到达之处。在这期间，只要一想起这个听来的古画乡，就会幻觉出一个丛林遮蔽、野草深埋、宁静又安详的画一般的古村落。一天晚上，竟按捺不住这如痴如醉的想象，画了一幅《梦中的村落》。

我计划着何时去豫北看一看这画乡。但如今我已经很难专为一件事去一个地方。必须与其他的要做的事，特别是要在河南做的事串联在一起。

七月里忽有一个短信发在我手机上。此人自称叫魏庆选，是滑县文化局的负责人。他说要带着该县的木版年画给我看。这使我一时喜出望外。

我忽然想到自己为"缘分"两个字下的定义，就是：你在找它时，它也在找你。

当个子高高而文气的魏先生和他的同伴来到我天津大学的研究院，来把一大捆画放在我的桌案上，向我递名片寒暄之时，我已经急不可待地频频把目光投向那捆画上。跟着，全然顾不得说客套话了，便大声说："先看画吧！我已经忍不住要看画了。"

一时屋中的人都笑。滑县的朋友也笑，很高兴我这么想看他们的画。尤其一个稍矮又瘦健的中年男子，笑眼眯成一条缝。后来我才知道他就是这产地的年画传人，而且是个高手。

解开细细的麻绳，画儿随着画捆儿渐渐展开，一股清新而奇异的风从中散发出来。这风好似从犁过的大地的泥土里、草木又湿又凉的深处、开满山花的石头的缝隙中吹出来的。同时这气息又是新鲜的、新奇的、从来没有感受过的。

各种各样的神仙的面孔，不少是陌生的；那种配着对联和横批的中堂，几乎很少被别处的年画使用。这绮丽又雅致的色彩，松弛的类似毛笔的线条，特别是写意般平涂在六尺大纸天界众神上的朱砂，便使我感到，这样风格的年画前所未见。令我惊异的是，这里竟然丝毫找不到朱仙镇的痕迹。它究竟是怎样一个村落和产地呢？

魏庆选与传人韩建峰的介绍令我十分吃惊。

他说这画乡名为"前二村"，属于滑县的慈周寨乡。人口千人，不算少。慈周寨在历史上（清乾隆朝）是中原一带各省之间的商业要冲。南边又紧贴着黄河。此村擅长的木版年画便远销四方。但是与隔河的朱仙镇却一直是"老死不相往来"，相互很少借鉴。

主要缘故是本地年画一直恪守着一条原则，族内自传，不传外姓，只传男性。这也是古代最原始的著作权保护方式之一。

滑县慈周寨乡的年画的始祖，据说是远自明代，来自山西的一位潦倒的刻版艺人韩朝英（一名韩国栋），此人心灵手巧，融合本地特有的风俗，开创了面目独特的木版画。由于画风新鲜，又是风俗之必需，此地年画畅销远近各乡。韩家一开始就视手中的技艺为"独门绝艺"，故而由明代（十六世纪）至今代代相传已廿七代，近五百年。鼎盛时期（清乾隆朝）全村百姓大多工刻善画。出现了"兴隆号""兴义号"和"兴盛号"三个画店，分由韩凤岐、韩凤仪、韩凤祥掌门。年产近百万张（幅），远销河北、山西、山东、安徽、青海、甘肃，乃至东北三省和内蒙古。

曾经有这样巨大影响的年画产地，为什么长期不为外界所知？是我们的民间文化学界多年来大多醉心于书斋，不问田野，不问草根。还是它早早的"家道中落"，销形于世了？反正自打上世纪六十年代，以政治功利对待民间文化，要不将民间文化强制地改造为政治口号的传声筒，要不宣布为封建迷信和落后文化，斩草除根。尤其到了"文革"，它一定是消灭的对象。

当我一幅幅观赏这些古版年画时，发现一幅版印对联，字体古怪，从未见过，比西夏字还奇异，好像是一种字样的谜。韩建峰说当地人能说出横批是"自求多福"，下联是"日出富贵花开一品红"，但上联已经没人知道，连一些七八十岁老人也认不出来了。于是，一种"失落的文明"的感觉浸入我的心头。这也是近十年来纵行乡野时，常有的一种文化的悲凉感。现在慈周乡前二村的年画颇不景气，尽管还有几位传承人还能刻版与彩绘，但由于没人来买，很少印制。近些年，大量的木版被文物贩子以及日本人用很少的钱买走。古版是木版画的生命。如果有一天，古版空了，传承中止，这个遗产自然也就完结。

我已经急不可待要跑一趟豫北了。因为我已经确信它是迄今未被世人发现的民间古版年画的遗存。我根据自己的经验嘱咐他们两条：一、先不要惊动媒体，以免文物贩子和收藏爱好者蜂拥而至，对遗存构成掠夺性破坏。二、绝对不能再卖一块古版给任何人。并对他们说，等我去吧，我会尽快安排时间。还会带一个专家小组进行现场考察和深入鉴定。

在他们离开我的学院后，我开始不安起来。一边打电话嘱咐夏挽群对外要保密，切莫声张，无论如何要等进一步鉴定清楚再说；一边思谋着我什么时候去。

此时此刻，这个画乡好比一个田野里的天堂。

三、两个产地的艺术比较

在奔赴豫北慈周寨乡之前，必须要做的是对这里的木版年画做一番考究。重点是将这个产地的木版年画与朱仙镇做比较研究，如果慈周寨乡的年画与朱仙镇完全不同，即可认定它是一个独立的年画产地。

此次滑县魏庆选和韩建峰带画来津，临走时叫我留下一些。我选了二十一幅留下，基本上可以代表他们带来的整体面貌。大致可分为：神像类、行业祖师类、文字对联类、家族族谱类。当我把这些画与朱仙镇的画放在一起，相互一比，就看出它们极大的差异。通过研究，两地年画的不同之处可从八个方面表述：

一、从题材上看，滑县慈周寨的年画以神像为主，佛、道、儒及民间诸神，明显的与过年时的宗教崇拜活动紧切相关。但是此次魏庆选带来的画中却没见到描绘戏曲故事和民间传说的画面。是否有呢，尚不能知。然而，朱仙镇年画以门画居多，除去武将，就是文官，即民间所谓"文门神"和"武门神"。这与开封是北宋国都有关，而且朱仙镇的戏曲故事和民间传说的内容很丰富。

二、从体裁上看，滑县慈周寨乡的画幅较大，多为卷轴中堂。有的画（如《全神图》）达到整张的六尺宣纸（140×80cm）。小幅的画不多。但是，朱仙镇年画都不大，反倒是一种被称作"斗方"（24×26cm）的小画是其常见的体裁。最大的中堂（大家堂）也不过88×60cm。朱仙镇年画挨近开封这样大的都市，为什么画幅反而偏小，慈周寨乡在田野深处却盛行如此大幅？

三、从构图上看，滑县慈周寨乡的神像，多为长幅立式，上下分为两部分，上半部分中间为主神，两旁是侍奉，下半部分一左一右为护法，彼此不遮挡，画面疏朗而富于层次；一些神像较多的画面，还要分为上下三部分，层次非常分明，画面明朗而清新。朱仙镇的神像画不是这样，神仙之间一排一排，结构很紧，浑然一体，画面显得饱满厚重。因之，两地的画面全然不同。

四、从画上的文字看，朱仙镇年画多在人物旁标出人名，尤其是戏曲故事和神话传说，这与古代小说版画插图的做法极为相似。同时画面上多署店铺名称。但慈周寨乡的年画基本上不署店名，也不标出人物姓名，却独出心裁地在画幅两边配上对联，上加横批。尤其是中堂画，很适合挂在堂屋正面的墙壁上。对联文字使用楷书字体。有字有画，十分美观，这是朱仙镇年画所没有的。其他地方年画也没有。而且书法对联与中堂画是刻在一块大画版上的。这样的中堂画应为本地特有的一种形式，也是本地年画主要特征之一。

五、从画法上看，朱仙镇年画多为套版，一般为五套，一线版四色版。滑县慈周寨乡的年画套版不多，一般先用线版印墨线，余皆手绘。比较起来，朱仙镇的年画版味十足，滑县慈周寨乡的年画画味极强。

六、从色彩上看，最明显的不同在于，朱仙镇多使用不透明的颜色，滑县慈周寨乡几乎全部用水稀释过的半透明的颜色，不用白粉。这在各地年画中也很少见，很像国画。朱仙镇喜用红（或朱）与绿、紫与黄两组对比色，色彩强烈又鲜明。滑县慈周寨乡的颜料由于用水稀释过，对比不强，但丰富而雅丽，自成特色。

七、从线条上看，朱仙镇年画多使用均匀的粗线，无粗细变化，结构严谨，简练遒劲，如国画中的铁线；滑县慈周寨乡的年画，使用细线，时有粗细变化，线条结构较松，灵动自如，显然在刻版时两地也是完全不同的刀法。

八、在人物造型上，朱仙镇年画的人物头大身小，头与身的比例是一比四，人物显得古朴敦厚；滑县慈周寨乡年画人物头与身的比例是一比五，比较写实。在人物面部细节上，朱仙镇画中人物眼睛在大眼角和小眼角部位，各有一个折角，眉峰位置也有一个折角，嘴缝是一条长线。滑县慈周寨乡的人物面部就全然是另一个样子。眼睛为长圆形,眼角没有折角;眉毛只一条简单的弧线,嘴缝含在上下唇中间。还有,朱仙镇人物多在眼睛上边画一道双眼皮,滑县慈周寨乡人物多在眼睛下边画一条双眼皮。由此可见,两个产地,完全是两种人物的审美。人物不一样,画就更不一样了。

通过比较研究,可以确凿地认定滑县慈周寨乡的年画是独自一个艺术体系,是一个独立的年画产地。

这便更加吸引着我奔往豫北,以验证自己的判断,思辨自己的判断。

在研究中,还有许多疑点。比如此地的年画与南边的朱仙镇不同,也与北边武强年画毫无共同之处。但在神像构图上却与远在鲁西南的杨家埠有某些相似,尤其那种大幅族谱类的"家堂"画更多几分相像。此地版画与山东有什么渊源关系?

疑惑总是诱使人去破解。我心里存不住任何学术疑惑。学术疑惑就是学术诱惑,这也是驱使我尽快启程的一种内在的动力。

四、风雨入画乡

我终于找到一个机会,11月份中国民协要在郑州召开"中国民间文化遗产抢救经验交流会"。在这个会上我要解决一系列急待面对的问题,如推动全国年画普查工作一些落后省份的困难、豫西剪纸普查成果的鉴定、全国陶瓷普查以及古村落普查的启动等事。我决定不乘飞机而改汽车。一是可途经邯郸,考察磁州古窑的保护情况，顺便看看响堂山的北齐造像。二是为了便于到滑县慈周寨乡，去寻访那个未知的年画产地。

没料到，入冬来最冷的天气伴我而行。那天从北响堂的石窟里钻出来，却见大雪厚厚地覆盖的山野与平原，纯洁又丰满。我问同行的郑一民滑县在哪里。他举手一指南边。雪原尽头，竟然黑压压地透迤着一片浓密的树林。像浓墨大笔，在天地之间厚重的一抹。那迷人的古画乡就深藏在这片黑森林里吗？

由冀南往中州一路而下，全是雨雪。在车灯照耀中，细小的雨珠雪粒扰着寒风扑打在车子前边的挡风玻璃上。车身下边胶轮卷着公路上的积水发出均匀的唰唰声。我忽想此次去滑县别又像前年在武强抢救屋顶秘藏古版那样撞上了大雨，那么艰难和狼狈！

我的担心不幸被证实。我晚间抵郑州，一夜雨未停。上次在民间文化抢救经验交流会上谈了自己最近一段时间的思考，午饭后上了车，雨反而大起来。有一阵子车盖上的雨竟然腾起烟雾，车窗被雨珠糊满了。我心里默默地祷告着，不断地念着一个字：停——停。

一个多小时后，车子从高速下来，拐到一条土路，土路已成泥路。两边的原野白茫茫笼罩着初冬的冷雨。此次，随行而来的人不少，有我带的考察组，有中国民协的夏挽群、郑一民，也有闻讯跟踪而来的记者。一排黑色的车队渐渐陷入黄色的泥泞里。

后来，车子终于开不动了。有人敲车门，对我说前边的路很糟，车子根本无法行进，只能步行。我推开车门一看吓了一跳。"历史"竟是如此惊人的相似！这景象、这路况，甚至连道路的走向都跟武强那次一模一样。也是要从眼前的野路向右拐到一条满是积水的泥泞的乡间小路。树木丛生的村落还在远远的雨幕的后边，像一种梦幻。

更惊人相似的是，当地人送来的长筒黑色雨鞋是43号的，

◎ 2006年在河南北部滑县调查年画时遇到大雨

交给我时说："这是最大号的。"上次在武强，也是43号的雨鞋，也说是最大号的吗？然而我有上次的经验了，我笑着对他们说："麻烦你们找两个塑料袋儿来吧！"上次在武强就是双脚套着塑料袋进村的。不一会儿，他们找来两个塑料袋，是装食品的，很薄。我心想，糟糕！走不了多少路就得踩破。于是，又开始一次"新长征"——雨里泥里入画乡！

多亏身边几个朋友和助手帮助，你扶我拉，否则我早已经"滚一身泥巴"了。滑县这里与武强不同的是，脚下的黄泥很厚、很软，不像武强那里，泥水中许多硬疙瘩。大概由于这里是黄河故道之故——这区别是我的双脚感觉出来的。但它的好处是泥土细软，脚下的塑料袋竟没有磨破；麻烦是泥太厚，每一步都要用力把脚从泥中拔出来。尤其是我要去的那位韩姓的年画传人的家在村子中间，待到他家中，双腿是黄泥，鞋子是冷水，而且举步维艰了。

又见到了魏庆选和韩建峰。他们见我如此狼狈，脸上的表情很不好意思。我笑道："这雨又不是你们下的。如果是你们下的，我也会来。"他们都笑了。

可能是前二村的百姓知道我们来看年画，早在这堂屋的四壁挂满了年画，屋中间摆满凳子，坐满了村民。有的抽烟，有的喝水。见我们进来不知怎么对待来客，有的干脆垂着头不说话。显然这是个封闭已久也安静已久的地方。这是间重新翻盖的平房，房子的间量比老式的房间大，里外两间墙壁挂的画足有五十幅。我虽是头次来到这豫北的老村子，但由于这些画我已反复研读多次，早都熟悉，故而感到一种别样的亲切。仿佛在朋友的家里看到朋友。

当韩建峰叫我坐下来歇歇时,我笑道:"还是先看画吧!"那次他和魏庆选来天津找我时,我就这样说的。他还记得我这句话,便笑了。

墙上的画大半我都看过,也研读过了。但此刻我还是整体地再看一遍,同时细看一些作品。这次整体地一看,此地年画的特色更为鲜明。特别是当你感知到脚下这厚厚的黄土是这些年画的土壤,这一屋子的老老少少是这独特的艺术集体的创造者时,你一定会被感动的。这墙上的天界诸神不是他们创造出来安慰自己的?这画上的对联不是他们一辈辈告诫后人的道德箴言?那缤纷的色彩不是他们理想世界的颜色?这一屋子的老农面对我们这群"闯入者",大概有些愕然,有些羞怯,有些不知所措而很少说话。但从这些画我已经看到此地人的所思所想和他们共有的地域的心灵。

从这满屋的画里,我特别注意到的是三幅画。

一是神农像。一个"人面牛首"、身披树叶的老者,被敬奉于画面正中。我国有着七八千年历史的农耕社会,神农是开创耒耜生活的始祖。中州作为中国最古老的土地,对神农氏的崇拜直抵今日,村民称为"田祖"。朱仙镇也有神农氏画像,也奉为"田祖"。我发现此地的《全神图》最上端上神不是玉皇大帝,而是戴叶披枝的神农氏,将神农氏尊为至高至上。这在其他地方是罕见的。它说明农耕文明在中原大地上一直长流不断。它具有活化石的意义。

二是一幅画上有蒙文的文字。在中国其他重要的年画产地,如杨柳青、杨家埠、武强等地的年画上都没有出现过，显然这幅画是远销内蒙古的。别看几个蒙文文字，足以表明这个产地在历史上的开放与极盛。

三是一幅《猛虎图》。乍一看似是山东杨家埠的《深山猛虎》。细看却是本地风格。但在构图上，因何与山东杨家埠的年画如此相似？连一大一小老虎的姿态和方形图章的位置都和杨家埠的《深山猛虎》完全一样。这使我想起在考究此地年画时，也曾对此地的家堂画酷似杨家埠的族谱画产生过疑问。据韩建峰说，由于此地年画远销山东，还专门为山东人印制一种那里的人喜欢的《摇钱树》——山东杨家埠年画就大量印刷《摇钱树》。这不是它属于一种为外地"照样加工"吗？山东人对具有辟邪意义的猛虎题材的年画需求量很大，韩建峰这块《虎》版显然是为山东印画的画版。这些都表明此地年画曾经达到过的极大的规模与影响。它曾经是一个面向全国的年画产地呵。

然而，今天还有多少人知道它们的历史辉煌？

他们从老人嘴中，也许听说过祖辈的年画曾经每年卖出一百万张，销售区域不仅覆盖中州，而且东至渤海黄海之滨，西达青海，北抵关外诸省。但他们已经没有人知道许多画上所写的"神之格思"是何含意。那幅"谜联"已只知道下半幅的字意。

其实，滑县曾经并不是一个封闭的地方。只不过被遗忘罢了。而历史，只要被遗忘就是一片空白。

今天我们说发现了古画乡，也只不过是在把它遗弃之后又重新找到而已，并非真正意义的发现。

从村民口中得知，此地年画由于"文革"的打击，完全终止制作与使用。"文革"后韩氏有人曾思图东山再起，但生活骤变，兴趣转移，故而市场始终未能复兴，这一来反倒对这门传统艺术失去信心。近年来，已经有一些无孔不入的古董商贩跋山涉水来到滑县慈周寨乡一带，收罗年画古版。许多珍贵古版已被很廉价地买去。显然现在遗存的古版无法全面地反映历史灿烂的全像了。就是前几天，还发生有人得知此地发现古版年画而抢先一步据为己有之事！

版是产地的生命，失去了版就中断了生命。我站在韩建峰现有的全部——不过区区几十种年画中间，最强烈的感受是濒危！今天随我同来的，还有许多跟踪报道的记者。今天的消息一旦见报，这里一定会成为新闻的焦点，并很快变成古董商贩们争相夺取的新高地。

应记者们的要求，我讲出我的判断，这是半个世纪以来新发现的中国古版年画之乡，是在艺术上完全独立的年画产地，是历史上一个重要的、今天已被遗忘的北方年画中心，是河南省民间文化普查的重要成果，是必须立即保护起来的珍贵的非物质文化遗存。我希望当地政府严加保护，继续普查，细心整理，争取申报国家非物质文化遗产名录。我想用这番话通过媒体提请各界重视保护，不要让它像某些地方的珍贵文物，刚刚出土就被肆掠一空。

大概我的话打动了随我而来的孙冬宁，他是我的研究院一位年轻的美术学教授，他主动提出留下来，住在传承人韩建峰家，深入普查，他说他背来了录音和录像全套设备。我说："那好，你做好口述实录。同时帮韩家把全部画版做好分类、统计和编号。"

孙冬宁留下了,我心稍安。在回去的路上,虽然依旧又是冷雨,又是寒风,却不觉得,两只脚顾不得地上是水是泥,以致冰冷的水把鞋子灌成水篓。心中却溢满欢喜。这欢喜无可比拟。

此后两天我在郑州开会、豫北一带考察,不时与孙冬宁用手机联系。得知他收获甚大:做了韩氏家族多人的口述史记录,查访到慈周寨乡历史上不断变更管辖权的历史。并将韩建峰全部画版整理成可管理的档案,找出流失古版的去处的许多重要线索。他的工作颇有成绩,使我高兴。同时,同来的摄影家段新培,也自告奋勇前去协助孙冬宁。我想,视觉记录必不可少,便请郑州民协派车送段新培去了。这几天是入冬以来最冷的几天,况且风雨交加一直未断。不过我对段新培的工作十分放心。在当年抢救估衣街时,他站在风雪飞扬的楼沿上拍摄那条古街的全景。如今古街不存,全仗他的勇气与真情才使历史不是空荡荡地消失掉。

一周后,在我研究院的会议室里,与孙冬宁、段新培等人交谈此次豫北探访古画乡之行时,心情仍然是矛盾的。一方面欣喜,感到收获极丰,一方面依旧担心,究竟我们还没有将这份遗产更充分和整体地把握住,清晰地整理好,破解心中犹存的各种疑点,找到切实的保护办法,于是决定再次组成人员齐备的考察小组,二赴豫北。

对于遗产,最大的快乐是发现。但发现不是目的。目的是做好保护,使之传衍。

2006 年 12 月

为未来记录历史
——中国木版年画普查总结
《中国木版年画抢救与保护全记录2002—2011》序

二十世纪末,中国社会进入空前猛烈、急转弯式的转型。这种转型甚至是翻天覆地的。它给我们民族的文化乃至文明最大的冲击是传承的断裂,于是先觉的中国知识界发动了一场应时、及时和影响深远的文化行动——中国民间文化遗产抢救工程。

在千头万绪的民间文化遗产的抢救和保护中,一项工作犹如一条红线贯穿其间。它涉及全国、规模庞大、难度颇高,这便是对木版年画全国性地毯式的普查和科学的记录与整理。我们紧握住这条工作线索,由始至终,历时八年,现在可以说,这套巨大并十分重要的中国民间文化与艺术的档案,已经完整和可靠地建立起来了。

面对着它,总结以往,不论对于认识自我,还是坚持信念,更清醒和科学地走好下边的路，都必不可少。

一、思想决定选择

早在2002年，中国民间文化遗产抢救工程启动之前，我们就组织起精悍的多学科的专家小组，在晋中一带对村落民俗、民间文学与艺术进行采样调查，为即将要展开的全国性的田野抢救，制定一系列统一的学术要求与标准，并编印了《普查手册》，为将要打响的遍及全国的文化战役准备好工具和武器。

接下来是选择突破口。这突破口具有试验的意义，试验成功了就会成为一种示范。因此，这突破口（即项目）必须具备四个条件：一、全国性，同时具有各个地域风格；二、文化内涵深厚，适合多学科调查；三、传承形式多样，既有个人和家族的传承，也有村落和地区的传承；四、处于濒危，即是紧迫的抢救对象。经过论证，我们选择了年画。

在农耕社会，生活生产的节律与大自然春夏秋冬的一轮同步。春节作为除旧迎新的节日，最强烈和鲜明体现人们的精神愿望、生活理想、审美要求和终极的价值观。年画作为春节的重头戏，其人文蕴含之深厚，民俗意义之鲜明，信息承载之密集，民族心理表现之深切，其他民间艺术难以企及。同时，它遍布全国各地，地域风格多彩多姿，手法纷繁，技艺精湛，又是绘画、雕版、民间文学与戏剧等多种文化和艺术的交汇相融，也是别的民间文化莫能相比的。然而，这一农耕文明时代留下的巨型文化财富，在社会开放和转型中，如遇海啸，被冲击得七零八落；许多艺人在上世纪"文革"间即已偃旗息鼓、放弃画业，大批画版流散到古玩市场，一些昔时声名显赫的年画产地几乎听不到呼吸的声音。它无疑是我们全国性民间文化亟待抢救的首选项目之一。

我们选定年画是在2002年年底。抢救工程计划在2003年春天展开。然而，年画只有在春节来临时才进入一年一度节气性的活跃期。我们必须抓住它春节前规律性的最好的时机启动。于是，我们选择这年10月在河南与当地政府共同举办全国年画联展与研讨会，邀请全国年画专家与名产地相关负责人出席。在会议上传布了我们即将展开全国民间文化大普查的信息，并发动各年画产地为一次全面的、划时代的、摸清家底的田野普查做好准备。

在那次会议上，我们明确地表示："我们要把年画作为抢救工作的龙头与开端。""我们要将中国年画的遗存一网打尽！"

这不是一个口号，而是一个明确的目标。因为我们已做好学术性的普查方案。

二、科学的设计

由于我们这次普查处于由农耕社会向工业社会的转型期，对于中华文明史前一个阶段的文化创造，它具有一种总结的性质。因此，普查必须注重遗产的完整性和全面性，不能疏漏。

特别是民间文化是一种非物质性与活态的遗产，它因人而存在，因特异的人文而存在，因独特的方式与技艺而存在；它不只是一种客观的学术对象，而是一种传统的精神生活，是一种文化生命。

由此反思以往，年画一直仅仅被视作一种单纯的乡土的美术，因而历来多以物质性的年画本身作为调查和研究的主体；如果此次普查仍是片面的美术调查，大部分文化遗产，特别是非物质的成分则必失去。故而此次普查，我们把一个个产地的地域特质、人文环境、民俗方式、制作工艺、技艺特征和传承记忆，全作为必不可少的调查内容。这种调查是过去很少做过的。为此，我们事先编写了《中国木版年画普查提纲》，将普查内容列为十个方面，包括产地历史、村落人文、代表画作、遗存分类、张贴习俗、工艺流程、工具材料、传承谱系、营销范围和相关传说与故事。这必然超越美术学范畴，而是人类学、民俗学、历史学、美术学等多学科多角度的综合调查。

在调查手段上，除去传统的文字和摄影，还加入录音和录像，以适应活态和立体的记录。同时，口述史和视觉人类学等学科的调查手段在此次年画大普查中也发挥积极作用。

由于我国年画制作是产地化的，这些产地大大小小分布在我国大多数省份。只有青海、新疆、宁夏和东北地区没有形成规模化和富于特色的产地，其余各省则皆有自己的产地。

此次普查将产地分为大小两种。产地之大小，不仅根据历史规模和影响力，还要看现有的活态遗存状况。一些产地历史上颇负盛名，但如果消亡太久和过于萎缩，便要归入小产地之列。

所有产地的普查都是翻箱倒柜式的田野调查，严格按照既定的要求与标准，逐村逐户地搜寻。调查前由各省民协按照《普查手册》和《年画普查提纲》组织人员，进行培训。普查人员由地方专家学者与相关的文化工作者相结合。调查结果要按照程序和标准进行分类、甄选、整理和撰写，并配合影像资料，制成该产地的文化档案。

在总的工作步骤中，第一步是把率先完成普查的《杨家埠卷》精心整理，经专家委员会审核后，先行出版，分发给全国各产地作为普查和编写的范本，以求各产地统一规范与编写质量的一致，这样就避免了后续各卷的参差不齐。

最终列入大产地的文化档案包括《杨家埠卷》《杨柳青卷》《朱仙镇卷》《武强卷》《绵竹卷》《梁平卷》《凤翔卷》《绛州卷》《临汾卷》《高密卷》《滩头卷》《桃花坞卷》《平度·东昌府卷》《佛山卷》《漳州卷》《上海小校场卷》《内丘神码卷》《云南甲马卷》等。另有《滑县卷》是此次普查的重大发现，过去对于滑县的年画一直未加注意，甚至知之甚微，然而滑县一带历史上是中原地区信仰类年画的重要源头，其画风庄重浓郁，样式独具，特色鲜明，因另立一卷。大产地的档案凡十九卷，包括二十个产地。山东的平度和东昌府二产地因遗存体量不大，合为一卷。

此外，小产地的文化档案皆归入《拾零卷》中。包括：东丰台、郯城、晋南、彭城、泉州、南通、扬州、安徽、樟树、获嘉、汤阴、内黄、卢氏、老河口、夹江、邳州、澳门、台南

◎ 自2002至2012十年间对全国所有年画产地进行地毯式调查，然后将调查成果整理成二十二卷大型文化档案《中国木版年画集成》

米街、江苏纸马和苏奇灯笼画。凡一卷，共二十个产地。所谓小产地，其历史规模不一定小，多数由于现今活态衰微或遗存寥寥，难以单独立卷，只能委身于《拾零卷》中；还有一些产地曾经很知名，却因活态不存或片画难寻而不得已割舍之。

这里需要说明的是，从年画史看，木版年画进入上世纪以来，由于外来的石印与胶印技术的引进，石印的月份牌年画开始出现。石印年画形象逼真，有新奇感，而且印刷快捷，价钱便宜，很快占领了木版年画的市场。可以说，石印年画是木版年画的终结者。这在上海表现得十分突出。为此，我们在《上海小校场卷》加入了石印月份牌年画的内容，以体现年画纵向的历史。

此外，为尽可能将中国民间年画遗产完整呈现，不存遗憾，另设两卷《俄罗斯藏品卷》和《日本藏品卷》。在海外收藏中国年画的国家中，尤以俄罗斯与日本两国为最。俄罗斯学者对中国年画的研究早于我国学术界，由于他们的远见卓识，大量丰富的历史作品（主要是清末民初的年画），收藏于俄罗斯各大博物馆。日本一些博物馆所藏清代早中期的姑苏版桃花坞年画，如今在我国已极为罕见，日本学者对中国年画的研究也颇有建树。为此，邀请俄罗斯科学院院士李福清先生和日本学者三山陵女士对其两国博物馆及私人藏家的中国年画的收藏，广做调查，并主编这两卷藏品档案。图书中还附录了两国学者关于年画研究的专论。这两卷的年画珍品基本上是首次披露于世，具有很高的资料价值与研究价值，并使我们此次普查成果达到了完美的境地。

由于上述的设计和实行，我们实现了预定的目标——即完成了农耕时代中国年画终结式的总结。由三百万字、一万幅图片、大量珍贵的年画发现和全面的文化发掘，构成了这二十二卷巨型的集成性的图文集，终于将我国年画这一磅礴的历史遗产，井然有序地整理成为国家与民族重要的文化档案。从现实意义上论，它成了这些年画产地进入国家与地方遗产名录保护（即政府保护）的可靠与有力的依据；从长远的意义上说，当这种口头与手工性的遗产，在转化为文本与音像档案之后，它便得以牢固、切确和永久保存。

可以说，记录就是一种保护，甚至是首要的保护。因为记录是为了未来而记录历史。

三、立足于田野

贯穿着长达八年的抢救工作，关键是立足于田野。因为，民间文化在田野，不在书斋。它不是美丽和无机的学术对象，而是跳动着脉搏和危在旦夕的文化生命。

始自八年前朱仙镇上的发动，一连串的工作是频繁而不停歇的组织、研究、论证，然后是逐门挨户的调查、寻访遗存、记录信息、艺人口述，跟着是资料梳理、分类整理、图片甄选与字斟句酌的档案编制，并且不断地回到田野去印证与补充。在中国民协抢救办统一协调中，还要一次次组织各产地之间必要的工作交流，调配专家支持各产地的学术整理与编写，然而这一切都立足在田野。一切依据田野，来自田野，忠实田野。田野也使学术充满活力。

由于田野工作不断深入，我们还逐步认识到传承文化遗产最关键的传承载体是传承人，文化遗产的活力及精华主要在传承人身上。于是从2007年又启动了"中国年画传承人口述史"工作，这项工作由天津大学冯骥才文学艺术研究院中国木版年画研究基地承担。这样，我们再次返回到各个产地，对其重要的传承人进行新一轮口述史访谈。现在，包括十九个产地传承人的口述史也已经出版。当传承艺人的口述史完成，中国大地上的年画遗存基本上被我们打捞干净，完整地抢救下来。正是由于我们始终伫立于田野之中，才能使中国木版年画普查成果达到如此厚重与充分。

中国木版年画普查作为整个工程率先启动的龙头项目，它对整个工程的意义都具有示范性。

由于在文化史上，我们从来没有对民族民间文化做过这种划时代的普查与总结，因此无任何经验可资凭借。我们只有对母体文化深挚情怀及其身陷危境中进行抢救的激情，却没有现成的拿来一用的方法。

八年中，木版年画普查的收获，对于整个中国民间文化遗产抢救工程都具有示范的意义，特别是如上所述这种思想与文化的自觉、科学的设计和立足于田野。

科学的设计是指根据普查对象的文化本质、规律与构成，所制定的一整套切实有效的普查方法。正是由于这次年画普查的内容、程序和标准设计具有科学性和创造性，才获得如此收获；可以说，我们没有因仓促的行动和学术上的误判留下较大的遗憾。在2009年举行的"田野的经验——中日韩学者研讨会"上，我们系统介绍了这次文化普查的内容设计与方法设计，得到了在非物质文化遗产保护上处于领先地位的日韩两国学者的赞许与认同。

木版年画普查的科学设计不仅使普查质量得到保证，并广泛应用到其他项目的普查（如剪纸、唐卡、泥彩塑等），还在各级政府申遗调查中被普遍加以采用。它的科学性、实效性和示范性对转型期文化遗产抢救和保护起到至关重要的作用。这也是中国木版年画普查的学术成果的一个重要的副产品。

而立足田野，即与我们的文化共命运。我们不是文化的旁观者，也不是站在文化之上的知识的恩赐者，而是在文化之中为文化工作。田野是文化本身。木版年画普查的一切成果都来自田野和为了田野。

现在可以说，中国木版年画的普查工作画上句号。然而在文化的传承中，任何阶段性的句号都是一个起点。只要我们坚持立足于田野与科学的高度，并不放弃我们的责任，我们就会接着把每一件承担下来的使命完成。

2010 年 3 月

临终抢救
——《一个古画乡的临终抢救》序

"临终抢救"是医学用语,但在文化上却是一个刚刚冒出来的新词儿,这表明我们的文化遗产又遇到了新麻烦。

何止是新麻烦,而且是大麻烦。

十多年来,我们纵入田野,去发现和认定濒危的遗产,再把它整理好并加以保护;可是这样的抢救和保护的方式,现在开始变得不中用了——因为城镇化开始了。

谁料到城镇化浪潮竟会像海啸一般卷地而来。在这迅猛的、急切的、愈演愈烈的浪潮中,是平房改造,并村,土地置换,农民迁徙到城镇,丢弃农具,卖掉牲畜,入住楼房,彻底告别农耕,然后是用推土机夷平村落……那么,原先村落中那些历史记忆、生活习俗、种种民间文化呢?一定是随风而去,荡然无存。

这是数千年农耕文化从未遇过的一种"突然死亡"。农村没了，文化何有？皮之不存，毛将焉附？无皮之毛，焉能久存？

刚刚整理好的非遗，又面临危机。何止危机，一下子就鸡飞蛋打了。

那么原先由政府相关部门确定下来的古村落呢？

只剩下一条存在的理由：可资旅游。很少有人把它作为一种历史见证和文化财富留着它，更很少有人把它作为文化载体留着它；只把它作为景点。我们的文化只有作为商业的景点——卖点才有生路，可悲！

不久前，我挺身弄险，纵入到晋中太行山深处，惊奇地发现连那些身处悬崖绝壁上一个个小山村，也正在被"腾笼换鸟"，改作赚钱的景区。这里的原住民都被想方设法搬迁到县城陌生的楼群里，谁去想那些山村是他们世世代代建造的家园，里边还有他们的文化记忆、祖先崇拜与生活情感？然而即便如此，这种被改造为旅游景区的古村落，毕竟有一种物质性的文化空壳留在那里。至于那些被城镇化扫却的村落，则是从地球上干干净净地抹去。半年前，我还担心那个新兴起来的口号"旧村改造"会对古村落构成伤害。就像当年的"旧城改造"，致使城市失忆和千城一面。

然而，更"绝情"的城镇化来了！对于非遗来说，这无疑是一种连根拔、一种连锅端、一种断子绝孙式的毁灭。

城镇化与城市化是世界性潮流，大势所趋，谁能阻遏？只怪我们的现代化是从"文革"进入改革，是一种急转弯，没有任何文化准备，甚至还没来得及把自己身边极具遗产价值的民间文化当作文化，就已濒危、瓦解、剧变，甚至成为社会转型与生活更迭的牺牲品。

对于我们，不论什么再好的东西，只要后边加一个"化"，就会成为一股风，并渐渐发展为飓风。如果官员们急功近利的政绩诉求和资本的狂想再参与进来，城镇化就会加速和变味，甚至进入非理性。

此刻，在我的身边出现了非常典型的一例，就是本书的主角——杨柳青历史上著名的画乡"南乡三十六村"，突然之间成了城镇化的目标。数月之内，这些画乡所有原住民都要搬出。生活了数百年的家园连同田畴水洼，将被推得一马平川，连祖坟也要迁走。昔时这一片"家家能点染，户户善丹青"的神奇的画乡，将永远不复存在。它失去的不仅是最后的文化生态，连记忆也将无处可寻。

我们刚刚结束了为期九年的中国木版年画的抢救、挖掘、整理和重点保护的工作，才要喘一口气、缓一口气，但转眼间它们再陷危机，而且远比十年前严重得多、紧迫得多。十年前是濒危，这一次是覆灭。

我说过，积极的应对永远是当代文化人的行动姿态。我决定把它作为"个案"，作为城镇化带给民间文化遗产新一轮破坏的范例，进行档案化的记录。同时，重新使用十五年前在天津老城和估衣街大举拆迁之前所采用过的方式，即紧急抢救性的调查与存录。这一次还要加入多年来文化抢救积累的经验，动用"视觉人类学"和"口述史"的方法，对南乡三十六村两个重点对象——官庄子的缸鱼艺人王学勤和南赵庄义成永画店进行最后一次文化打捞。我把这种抢在它消失之前进行的针对性极强的文化抢救称之为：临终抢救。

我们迅速深入村庄，兵分三路：研究人员去做重点对象的口述挖掘；摄影人员用镜头寻找与收集一切有价值的信息，并记录下这些画乡消失前视觉的全过程；博物馆工作人员则去整体搬迁年画艺人王学勤特有的农耕时代的原生态的画室。

通过这两三个月紧张的工作，基本完成了既定的目标。我们已拥有一份关于南赵庄义成永画店较为详尽的材料。这些材料有血有肉填补了杨柳青画店史的空白；而在宫庄子一份古代契约书上发现的能够见证该地画业明确的历史纪年，应是此次"临终抢救"重要的文献性收获。

当然，最关键的目的，还是要见证中国城镇化背景下农耕文化所面临的断裂性破坏的严峻的现实，以使我们由此清醒地面对它，冷静地思考它，将采用何种方法使我们一直为之努力来保证文化传承的工作继续下去。

本书以图文方式呈现我们此次"临终抢救"所做的一切，并直言我们一代文化人面临的问题，以及所感所思。

应该说，这是我们面对迎面扑来的城镇化浪潮第一次紧急的出动。这不是被动和无奈之举，而是一种积极的应对。对于历史生命，如果你不能延续它，你一定要记录它。因为，历史是养育今天的文明之母。如果我们没了历史文明——我们是谁？

2011 年 5 月 2 日

年的思辨

禁炮不如限炮

大年三十，子午交时，电话铃声不断，与屋外鞭炮连天之声混成一片。一友人从南方某大城市打来电话拜年。说到年景，对方叹息道："今年我们这儿禁炮，一片沉寂，守岁成了守夜，这哪叫过年，纯粹是个大星期天呀！"我忽地感到，倘若中国人过年感受不到年意和年味，那将是多大的失落！跟着又联想到，近年各地报纸关于回忆昔日年俗文章骤多，这其间也透着一种浓浓的失落感吧！

精神文化的失落会比贫穷使人更空洞。随着人们物质愈充裕，这感受会愈深。

过年在中国老百姓心目中是最大的节日。每逢过年，人们会不自觉地把阳历换成阴历。平日里生活的兴劲儿，好像都积攒着，这时全使了出来。因此旧时，再穷的人家，也要炖一锅肉，备两瓶酒，请识文断字的念书人用红纸写些吉祥话儿，粘贴在门板上；姑娘们买上三尺红头绳，小小子放一挂小钢鞭！

对于含蓄又温厚的中国人来说，每一次过年，都是民族的情感——对生活的情感、乡土情意与人间亲情一次总的爆发与加深。现在总说民族的凝聚力，过年才是一种传统的、自发的、最有效的增加民族凝聚力的方式。不用政府花钱，老百姓自己

◎"小姑娘爱花，小小子爱炮，老爷子爱戴新毡帽，老奶奶爱吃大花糕"（北方童谣《过年歌》）

出钱去增加凝聚力。还有什么方式比这更具魅力和更自觉？

这种年的情感的载体便是种种自古以来代代相传的民俗。但眼下这民俗正一点点被取代、被淡化、被消除，比如，除夕间饭馆的包桌订座开始代替合家包饺子吃年饭，电话拜年和FAX拜年正在代替走亲访友。如果再禁了鞭炮，春节电视晚会又不尽如人意，年的本身便真的有其名无其实了。有人说，可以去旅游呀，去唱卡拉OK呀，去滑旱冰呀，但那样能找回年的感情吗？年有它专用的不可替代的载体，这便是那些约定俗成的年俗。因而现在，应当做的，是保护和加强中国人祖祖辈辈所挚爱的这个年，而不是在负面上无知地消减它。中国人的年是文化含金量最高的节日。年文化真正是民族精神文化中的宝贵财富。但这财富是否正在被我们自命为"现代文明人"一点点地葬送掉？

现在禁炮之声正在蔓延。媒体中叫嚷禁炮，偏偏未禁的城市反倒燃放得更加起劲，这种"逆反心理"不能不引起沉思。倘说鞭炮不文明，西班牙人传统的斗牛岂不更"野蛮"更"危险"，为何不禁？倘说鞭炮伤人，游泳年年淹死人，拳击和赛车也伤人害命，又为何不禁？倘说污染，还有比吸烟污染更严重，有百害而无一利，谁又呼吁过"立法"禁烟？最多不过劝人"戒烟"罢了！

昨日，上海广播电台要我通过电话参加该市市民关于"该不该禁炮"的讨论，我除去讲了上述观点，还说：长期以来我们似乎被一种思维模式——我称之为"正反模式"限制死了。每对一事，只分正反，非正即反，非左即右，非对即错。对于

◎ 昔时儿童放鞭炮的护具

鞭炮，也是这样：要不不管，任其乱放，愈放愈大愈响，直放得惊天动地；要不禁绝，万籁无声，一片死寂，宛如深山老林才好，好像非此即彼，别无选择。果真就再没第三条道可走了吗？

我对上海提一个建议：可不可以来点折中，来点通融，兴利除弊？比方，对于鞭炮做些明文规定——在生产上严禁伪劣，严禁巨响和易伤人的大型和重型鞭炮的生产；在销售上控制销量；在燃放时间上，限制在春节这几日，平时就禁止了；至于燃放地点，可以安排在较空阔之处（当然不是像发配一样放在郊区）；同时加强对人们尤其是孩子的燃放鞭炮的安全教育。这不就一方面最大限度减少鞭炮的有害因素，一方面又保留住了这千年传统中最具特色的年俗？

过年，过的就是大年夜子午交时这时辰。燃放鞭炮正在此时，把年的庆典推向高潮，并深深寄寓着除旧迎新，及对未来美好的憧憬与企盼。这是中国人一年一度的狂欢之夜。唯有这灿烂的烟花、炸响的鞭炮与火药的幽香，才能引起中国人一种特有的醉心的生活情感。如果将这鞭炮声换成《蓝色多瑙河》的旋律，就如同把西方的圣诞老人换成老寿星或财神爷，西方人也会找不到"圣诞感觉"的。一个民族最深的文化是植根心中的"文化心理"，连根拔便会留下一大块空洞，何以填补？我们现在过年的感受是，苦苦的找不到一种真正的过年的方式。新的没有被认可，旧的又被抛掉，年才这样的无着无落！

禁炮不如限炮——我这建议立刻得到上海一位听众的响应。有人说还可以增加鞭炮的税收，弥补燃放鞭炮带来的损害。不管这想法是否可行，但毕竟动了脑筋。看来世上的办法非常多，不必非用或全用一个"禁"字。

"禁"是一种消灭。如果灭掉鞭炮，被消除的绝不仅仅是鞭炮及其污染，而是一种源远流长的、深厚迷人的、不可替代的文化，以及中国人特有的生活情感。我们不会在文化上再这么无知吧！

1993 年 10 月《摸书》首发

大门上的福字不宜倒贴

春节临近,又该贴福字了。在昔时的年节饰物中,年画吊钱之类大都不适于新式居室,所用渐少;唯有福字,简便明快,寓意鲜明,故而依然走俏。

但是,不知缘何而起,近年来倒贴福字,忽然成风,而且愈演愈烈。由门板上的福字,到居室各处张贴的福字,再到点心盒甚至贺卡上的福字,一律是头朝下、脚朝上。前年腊月里,我由北京返回天津,路经一处大街,看到家家门板上的福字一律倒贴,宛如河中的倒影。那感觉,好似必须立起大顶,才能看好。

据说,倒贴福字,取其"倒"和"到"的谐音,意为"福到"了。在我国传统民俗中确有这种说法,但不是说所有福字都要这么贴,尤其是大门板上。

民俗传统中,倒贴福字主要在两个地方。一个地方是在水缸和土箱子(即垃圾箱)上,由于这两处的东西要从里边倒出来。为了避讳把家里的福气倒掉，便巧用"倒"字的谐音字"到"，倒贴福字。用"福至"来抵消"福去"，以表达对美好生活的向往。

另一个地方是在屋内的柜子上。柜子是存放物品的地方。倒贴福字，表示福气（也是财气）一直来到家里、屋里和柜子里。

至于大门上的福字，从来都是正贴。大门上的福字有"迎福"和"纳福"之意，而且大门是家庭的出入口，一种庄重和恭敬的地方，所贴的福字，须郑重不阿，端庄大方，故应正贴。

◎ 居舍正面的福字应恭恭正正，不能倒贴

翻翻中国各地的民俗年画，哪张画大门上的福字是倒着贴的？但像时下这样，把大门上的福字翻倒过来，则必头重脚轻，不恭不正，有失滑稽，有悖于中国"门文化"与"年文化"的精神。倘以随意倒贴为趣事，岂不过于轻率和粗糙地对待我们自己的民俗文化了？

民俗讲求规范。该轻松处便轻松，该庄重处必庄重。应当讲究，也应当恪守。规范具有约定俗成的合理性，而且它又表现出一种文化的高贵和尊严。由此而言，大门上的福字不宜倒贴。

2000 年 1 月 20 日

如何把年召唤回来

对一个时代文化的自觉，不是别人告诉我们的，是我们渐渐觉察和觉悟到的。虽然文化可以看见，但文化的问题总是隐在生活里，文化的转变总是在不知不觉之中。所以，开始时可能只是一种感觉和察觉。出于某种敏感而有所触动，还会情之所至地做出反应。可是如果它是一个新的时代注定带来的，你就一定要思考了。只有思考才会产生自觉。

自从二十世纪八十年代，我便感到了年的缺失。有生以来，年只是我们的一种一年一度自然而然的传统生活。我们不曾把它当作文化。但现在却忽然感受到"年味"的淡薄与失落。千百年来一直年意深浓的春节，怎么会只剩下了一顿光秃秃的年夜饭，人们却还在若无其事地随手抛掉仅存无多的剩余的年俗。比如九十年代初各大城市一窝蜂学习香港"禁炮"。那时亚洲四小龙的一切都是我们艳羡的楷模。鞭炮成了城市文明的敌人。天津是中国大城市中最富于年味的城市，天津人最在乎过年，这情景我在《激流中》最后一章中写过。当时，天津是唯一年夜可以燃放鞭炮的城市，可是渐渐也卷进"禁炮与否"的争论中。我立即写了一篇文章叫作《禁炮不如限炮》。我反对禁炮。我的理由是：

"中国人的年是文化含金量最高的节日。但眼下正在一点点被淡化、被取代、被消除。除夕间饭馆的包桌订座正在代替合家包饺子吃年饭；电话拜年和FAX拜年正在代替走亲访友。如果再禁了鞭炮，春晚又不尽如人意，年的本身便真的有名无实了。有人说，可以去旅游呀，去唱卡拉OK呀，去滑冰呀，但那样做我们还能找回年的情感吗？年有它专用的不可替代的载体，这便是那些千百年来约定俗成的年俗。

"现在禁炮之声正在蔓延。理由振振有词。倘说鞭炮不文明，西班牙人传统的斗牛岂不更'野蛮'更'危险'？倘若说鞭炮伤人，游泳年年淹死人，拳击和赛车更伤人害命，又为何不禁？倘说污染，还有比吸烟污染更严重，并直接进入人的身体。谁又呼吁过'立法'禁烟？最多不过劝人'戒烟'罢了！

"世上的办法很多，为什么非用一个'禁'字？

"'禁'是一种消灭。如果灭掉鞭炮，被消灭的绝不仅仅是鞭炮包括污染，而是一种源远流长、深厚迷人、不可替代的文化，以及中国人特有的文化记忆与文化情感。我们不会在文化上这么无知吧！"

这是我最早的社会文化批评。

这篇文章在当时影响甚大的《今晚报》上发出来，社会有了十分热烈的呼应，致使当时市人大的一次会议上作出"暂不禁炮"的决定。我闻讯赶紧又写了一篇文章《此举甚妙亦甚好》，称赞政府"体恤民情，顺乎民意"。同时呼吁百姓与政府合作，燃放鞭炮时要有节制，注意安全。我这篇十分"讲究策略"的文章奏了效，使得天津的年夜一直可以听到除旧迎新的炮声。很多禁了炮的北京人除夕那天跑到天津放鞭炮过年瘾。

自二十世纪八十年代中期，每到腊月二十三左右，我都要往两个地方跑一跑。一是东城外天后宫前的广场，这里是传统的年货市场。但这市场不卖食品，全是岁时的用品与饰物，如鲜花、金鱼、吊钱、窗花、福字、香烛、年画、供品、绒花等等，红红火火，都是此地人深爱的"年货"。但十年"文革"中被视作"四旧"遭到禁绝，致使广场成了一片了无人迹的空地，广场中心甚至长出很长的野草。"文革"后百废俱兴，这里又恢复为津地年俗最浓郁的地方，自然是感知年味最好的去处。此外，我还要跑的地方是津西的几个乡镇，杨柳青、独流和静海一带。每次去之前先要打听好哪一天是集日。为了到这些地方的集市里挤一挤，我说过"农民过年的劲头是在集市上挤出来的"。我到这些地方还有一个具体的目的，就是寻找地道的农民印绘的粗粝又质朴的木版年画。这些地方全是古老的年画之乡，我对这里农民印绘的乡土版画情有独钟，特别喜爱。"文革"前我从这里收集的许多珍贵的年画，"红八月"时都给烧了。可是到了八十年代，再跑到这些年画之乡来，却很难见到手工印制的木版年画了。仅有的年画摊大都销售廉价又光鲜的机印年画。

八十年代中期，在杨柳青镇西边一个街口还有两三个卖年画的地摊，但品种少得可怜，只能买到老版新印的灶王、全神和缸鱼。唯有一个卖家那里能买到一些大幅的贡尖，如《双枪陆文龙》《农家忙》《大年初二迎财神》和纯手绘的《五大仙》，后来这些年画摊被作为不法经营取缔了。有一次，我跑遍杨柳青竟然一个年画摊也没找到，我站在这个徒有其名的"年画重镇"空荡荡的街口，心里一片茫然。

1990年春节将临，央视记者敬一丹约我到杨柳青镇子牙河边一个小小的四合院，做一个过年的节目。媒体的消息比我灵通。他们听说镇上有一家年画老店玉成号——霍氏一家，近日把"文革"期间中断的祖传技艺重新恢复起来，现在这家老少三代齐上阵，"婆领媳做"，你印我画一条龙，我看了很感动。这在寂寞太久了的杨柳青镇，如同死灰复燃。怎么才能把它保住，用心呵护并让它蓬勃起来？

当时，市内的杨柳青画社的社长李志强是我的好友。他是画家，酷爱乡土艺术。我俩都痛感到古老的年画自"文革"以来一直没有恢复元气，应该为它做些事，把它振兴一下。当下决定由我们市文联和画社合办一个大规模国际性的年画节，邀请全国各个年画产地参展，举行学术研讨。时间放在当年腊月二十三至转年正月十五，虽然这个时间刚好在我为期两年个人绘画巡展的中间，但我那时不到五十岁，精力充沛，完全可以同时来办这个年画节，我还要把这个艺术节办得具有文化的深度与魅力。天津民间文化资源丰厚，民俗、民艺、工艺、戏剧与曲艺等等，还有一些历史建筑都是顶尖的东西。如果真的将这些资源有声有色地调动起来，就不只是一个年画节和艺术节，而是城市传统的文化节了。

为此，在运用这些传统文化时，我们刻意把一些已经被时间的尘埃埋没的事物和细节，挖掘出来擦拭干净，重新亮闪闪地放在人们面前。在做这些事时，我们发挥了许多非常美妙的文化想象，为了让历史的光芒重新照耀今天。

比如，我请李志强把杨柳青年画"勾、刻、印、画、裱"全过程放在年画作品展中，好让普通民众了解木版年画复杂又精湛的技艺，这在当时的民间艺术展中是从未有过的。再比如我把开幕活动特意放在南门内建筑极华美的广东会馆。请来各道皇会、中幡、风筝魏、捏粉、书春、刘海风葫芦、石头门槛素包、面具刘、桂发祥麻花、栾记糖画、玉丰泰绒纸花等等各种民艺在会馆的院内外列开阵势，以全面展示津地传统民艺的精粹。会馆戏台上演的开场戏是古老的《跳加官》;《三岔口》用上了数十年没见过的"砸瓦带血";台口立着写着当场戏码的水牌子；台下有几桌"观众"是由天津人艺话剧院演员扮演的，他们身穿收藏家何志华先生提供的清末民初的老服装，表演昔时人们如何看戏。剧场里还安排一些演员表演老戏园如何沏茶掼水、卖零食香烟、扔热手巾把儿。连看戏的宾客们手里拿着的戏单，都是严格按照老样子，由年画社的老画师刻版印制的。就这样，完完整整呈现出津沽特有的戏园文化，叫那些由北京请来的文化界的人士吴祖光、新凤霞、黄苗子、杨宪益、王世襄、黄宗江、凌子风、于洋等等看得如醉如痴，更叫天津身怀绝技的民间高人们引为自豪。闭幕式换了地方，设在杨柳青镇出名的石家大院。那天是元宵节。杨柳青人也要在大批中外贵客面前展示自己风情迥异的民俗民艺。"打灯笼走百病"是搁置久远的元宵旧俗，这一天却让它重新回到古镇的生活中，以表达这个岁久年长的年画之乡美好的文化情感。这一来，带动起天津各县纷纷复活自己的年俗节目，纷纷炫示自己独有的生活风情。年不就被我们召唤回来了吗？

那天杨柳青石家大院的元宵晚会散了会，我在那满是雕花的门前送走了四面八方的客人。成百上千杨柳青百姓都挤在那里一同笑脸送客。我心里很温暖，折腾了半个多月地域文化的精华，确实感到了一些充实。当然，时代性对传统的消泯之势并不可能被我们这一点点努力挡住，然而我高兴的是百姓表现出的对自己地方传统的热爱与自豪。我在为记录这次活动所编写的《津门文化盛会考纪》中的序言中说：

"辛未岁阑，壬申新春，津门一些有志弘扬地方文化之士，倡办杨柳青年画节。以民间年画来办文化艺术节，乃中华大地史来之首创。""津人尤重过年，故气氛尤为炽烈，中外友人踊跃前来，百姓热情投入，年俗传统一时得以复兴。活动总人数何止数十万，海内外见诸报刊文章竟达二百多篇之多。影响可谓深广，此节可称盛会。"

由此我想，我们还应为自己的城市做些什么？

记得一位记者问我："你做这些文化保护的事，最初的动力来自哪里？"

我想了想说："一种情怀，应该是一种作家的情怀。"

为什么是作家的情怀？什么是作家的情怀？

因为我是作家。情怀是作家天生具备的。作家是理性的，更是感性的。作家的情怀是对事物有血有肉的情感，一种深切的、可以为之付出的爱。我对民间文化不完全是学者式的，首先是作家的。在作家眼里，民间文化不是一种学问，不是学术中的他者，而是人民的美好的精神生活及其情感方式。

因此，作家的情怀往往就是作家的出发点与立场。

可是那时，我还是出现了一些超出"情怀"的东西。在此次年画节留下的资料中我发现，在利顺德饭店举办的国际学术研讨会上我说了这样两句话："当我们对年画的研究进入文化的层面，就会发现它天宽地阔，它是一宗宝。它不仅是无比丰富的艺术遗产，还是无比巨大的精神文化遗产。"

那是二十世纪九十年代初，我已经说出优秀的民间文化是"文化遗产"这个概念。我不知道我当时怎么产生这样的概念与想法，但是它至少可以说明我已经站在时代转型的立场上来关注民间文化了。这应该是我十年后倡导全国"民间文化遗产抢救"的思想的由来了。

2018年2月

年画退隐　剪纸登场

近十年来，年年年根，我都要做一件极特殊的事——跑两个地方。这便是先去西郊的杨柳青镇，看看传统的木版年画怎样一点点地消亡，直至全然绝迹；然后再去东城外的天后宫广场，看看民间的剪纸怎样一点点地兴起，直至今日，蔚为壮观。这两种年俗文化一生一灭的动态过程，使我这专题的文化考察——民俗的更替——做得极有兴味。

朦朦胧胧间，好像在我面前，一个历史的英雄缓缓而无声地倒去，一个今天的强人渐渐并夺目地站起身来。

一、年画，挥手而去

每年春节，都有一些电视台跑到杨柳青镇拍年画。照这些电视人的印象，好像如今杨柳青依然是"家家善点染，户户善丹青"。其实早在二十世纪二三十年代，物美价廉的胶版与石印年画就把民间木版年画挤到一边。郑曼陀、杭稚英、金梅生等人笔下的时装仕女和胖胖的童娃，立体，光亮，有血有肉，使看惯了木版年画那些平面的"娃娃样"的人们眼睛一亮。木版年画属于应用美术。用之则存，不用则亡；倒地之后，即刻成灰。这便以极快的速度消退下去。五十年代，已故的版画家马达先生领导的对杨柳青年画的采风，包括全面的搜集、整理和研究，实际上是一种极富眼光的文化抢救行动。那一次挖掘到的年画遗存，如今已是十分珍贵和美丽的史料。后来文化部门又组建了杨柳青画社，将老艺人组织起来，继续作画，采用"以师带徒"的方式传衍传统技艺，使得古老的年画至今仍有传人，这可谓一件功德无量的事。

但此时所使用的制作年画的方法，基本为版线加手绘，粗路的单纯的套版技术则很少再用。买画者中间已渐渐出现了一些年画的爱好者与收藏者。这表明年画开始从年俗的饰物，渐渐质变为一种历史文化。

六十年代初，在宫前大街和南市一带，偶尔还能见到一两个外来的农民，他们将背着的小包袱卸下肩来，往地上一撂，打开便是一沓花花绿绿的木版年画，卖价很贱。内容多是最大路货的《大过新年》或《春牛图》之类。这叫人分明地感到，凋零殆尽的年画大树仅剩下最后几片孤零零飘摆的叶子了。

七十年代，我在津东芦台一带的乡间收集印制年画的木版。清代中末期，在杨柳青年画大批地经由这里运往东北时，此地也聚集过许多年画作坊。然而，时过境迁，往事如烟，我在芦台镇上走来走去，却寻不到一处残存的坊间。四处散失的画版全被农民拿去搭猪圈、钉板凳、做切菜板了；有凸线的一面还用作洗衣的搓板。我当时手头拮据得很，每一次最多只能花上两块钱，买一块古老的画版。一次碰到一块《义和团守卫大沽口》的画版，非常有历史价值，但对方要价五块钱，我当时手里没有这么多钱，没买成。待后来再去时，人家竟然使刨子刨平画面，做切菜板了，使我痛惜不已。而我自己收集到的一些画版，一半以上又毁于七六年的大地震。那一年，我家房倒屋塌，所幸人逃了出来。在抗震棚里我忽然想起那些画版，赶到废墟处寻觅，只找到不多几块，其余全都了无踪迹，化为乌有。

　　那时，我对年画史的感觉真是一片空茫。

　　改革开放后，思想宽松，百废待兴，木版年画似乎有了一种复苏的感觉。在天后宫前的年货摊上，居然又能见到那种木版刷印的年画。鲜艳的色彩，稚拙的形象，朴拙的版味，叫我感觉既亲切又惊奇。然而此后十多年来，年年所见，总是那几种，诸如《灶王爷》《增福财神》和《全神大纸》。甚至所印的灶王，用的也总是那块老版。版面有残，所以灶王的左耳上端一直缺着一小块。于是我从这极其有限的年画的复苏里，看到它即将穷尽的气数。

　　故而，近十年来，每到腊月底，我都要往杨柳青镇上跑一趟。我想亲眼看看一种曾经铺天盖地的文化，最终究竟怎样一点点地尽绝。

　　二十世纪九十年代初，杨柳青镇的年画摊大都是地摊。摆在一条大街两边的边道上下，有十多家，占了几十米一段道路。这些画摊绝大部分是胶印年画，只是在一角放着几种木版的年画。市场是需求的显示窗。买卖之间的总量总是差不多相等。这表明，使用木版年画的人已经少得可怜，何况其中还有一个例外，便是我。

卖画的农民问我是干什么的。我开玩笑道："我是记者。"于是我年年在杨柳青这条街上一露面，这些卖画的农民都说："记者来了！"我这"记者"之所以引得他们注意，是因为我肯出钱买画。然而只有在这个年画的故乡，才能碰到那种产自乡间的原生态的木版画。题材也绝不只是《灶王爷》和《缸鱼》之类。比如我在一位老翁的小画摊上，买到了两种戏出的"贡尖"。一种是《收陆文龙》，另一种是《穆桂英大破天门阵》，都是最本色的农民贴用的粗路套版年画，应该说这已是绝无仅有的了。最珍罕的是几种手绘的年画，如《农家忙》《大年三十》《五大仙》等。《五大仙》是用来"结仙缘"的五种动物——胡（狐狸）黄（黄鼠狼）白（刺猬）柳（蛇）灰（老鼠）的画像。这种民间崇拜的年画曾被当作迷信品禁止，已有半个世纪没看见了。在这里居然见到，令我异常欣喜。尤其是手绘的方法十分原始。它先在纸上印一版墨线，线条简单至极，几乎只是一个轮廓和外形，只为了确定一个位置，里边有声有色的东西全靠手绘。这属于最原始的农民年画。比起清代中期以来经戴廉增和齐健隆两家老店而发展起来的精工细制的手绘画法（即先印复杂的木版墨线，再填上或染上繁多的色彩）要古老得多。但这究竟是什么力量使这种源头的画法一直传衍到二十世纪的末尾，甚至一直贯穿到整个年画史的终场？

尤其当我知道，这是一位七十七岁的老婆婆画的，就更对这些画心爱不已了。老婆婆画，老翁卖，他俩已经这样干了一辈子。于是昔日民间年画在乡间生气勃勃的景象，叫我一下子触摸到了。画上的人与物，天真烂漫，傻里傻气，还有红呀绿呀黄呀紫呀，叫我仿佛又看到自己儿时那个来自乡间的老保姆黑红黑红、眉开眼笑的脸。故此，年年我来买画，都要找这位老翁。而且有多少要多少，一次全买下来。老婆婆年纪大，产量非常有限，每种不过三两张。我从不讨价还价，因为我知道这是最后一代民间画工原汁原味的作品，或是年画史最后的几个足痕了。而任何文化抢救，就该始于它尚未消亡之时。

可是到了第四年，也就是1995年，我在那卖画老翁"年年在此"的地方——一棵大碗口粗的老槐树下——见不到他的身影。问人，谁也说不清楚。不知是老翁来不成，还是老婆婆画不成了。我感到十分失落！心里只企望两位老人都健在。因为这世上，唯有他们这样的老人身上，还遗存着古老的年画那种迷人的精灵呵。

如今人们已经很少贴年画了。尤其是城市人，连胶版画也很少再贴。先是世纪初工业文明的冲击，然后是现代化以来不断的时代风习与审美需求的嬗变，以及家居方式的更迭，人们对年画从形式到内容都愈来愈疏远与陌生。现代居室的墙上很难再用按钉把一张年画钉在墙上。这样，年画退出年的生活则势所必然。

近年来，杨柳青镇上出现了一个复原的古代作坊式的玉成号年画庄，从购买者多为古代艺术的爱好者和收藏者来看，年画已从应用的民俗文化转为一种珍贵的历史文化。

进入了历史才是进入了一种永恒。

然而，年俗的方式是人们对年的情感的一种载体。特别是当鞭炮、祭祖，以及贴年画等一个个载体都被从年的盛典中撤出之后，人们对年的情感将往哪处置放？这无从承载的情感，最终便会归于失落。往往又失落又无奈，这是中国人当今过年的一种奇特的感受。那么谁来弥补这种年的失落——也是文化上的空白呢？

二、剪纸，大步走来

这十年，我从杨柳青跑一趟回到市区，常常就一头扎进天后宫的广场里。

天后宫从来就是天津人过年的中心。

过去是来买年货，现在是来找年味。然后，再把年味带回家里。这自然要通过各种年俗的物品。比如灯笼、香烛、剪纸、年画、空竹、福字和春联，等等。在时代的风习变化、许多年俗物品失去实用意义并渐渐萎缩之时，我发现在天后宫广场上一种传统的年俗物品却反方向地忽然壮大起来。这便是剪纸。

不过十年的光景，如今一入腊月中旬，宫前的广场火红似海，一色的剪纸摊便铺天盖地。高高竖立的样品牌子上，年年花样翻新，层出不穷，那种创作潜力之巨大，真是很难估量。

◎ 宫前的剪纸市场

而且，来到这里买剪纸的津门百姓年年增多。我站在广场上心里设想过，如果把这些剪纸摊撤去呢？这里的年意一定失去一大半！于是这复兴而蓬勃起来的津门剪纸，竟然是风光依旧地巩固了天后宫这个城市的年俗中心的功臣。一棵当今"年文化"有力的支柱。

那么，昔日遗留下来的年俗事物那么多，为什么单单一种小小的剪纸脱颖而出，并飞黄腾达起来？我想，这缘故有几个方面：

一是天津本地原来就有贴剪纸的习俗。"二十四扫房子，二十五糊窗户"，糊窗户就是贴吊钱和贴窗花。它与年画、春联、福字等融为一体，渲染着家居的年意。这是说，剪纸在民间有深厚的风俗基础。如今年画等消退，剪纸出来唱主角，是十分顺理成章的事。

二是剪纸这种艺术形式，与年画不同。它虽然有一定内容，但更具有强烈的符号性。首先因为它是红色的，而崇尚兴旺火爆的年就是以红色为象征。买一张剪纸回家，哪怕很小，在屋中显眼的地方一贴，鲜亮的年意立时表达出来。其次，因为它种类繁多，使用起来十分灵便。昔时的剪纸，有贴在窗户上的"窗花"，有贴在门上的"门花"，有贴在顶棚上的"顶棚花"，有贴在灯笼上的"灯花"，有祭祀祖先用的"供花"，等等。如今天后宫的剪纸根据现代人家居与审美的需要，又给传统剪纸以更广泛和更多样的再创造。在种类上增加了贴在各种家具上的"家具花"，贴在镜子上的"镜花"，贴在礼品包装上的"礼品花"，甚至还将福字和春联也吞并进来作为新的"门花"。新门花中还出现一种"生肖门心"，年年都带给人们新的愉悦。这样，古老的剪纸便不是在被动地等待现代人来选择和取舍，而是经过一番灿烂的"自我包装"后，积极主动地介入现代人的年的生活。

三是天津的地域文化具有"码头文化"性质。码头崇尚强人的技能。故此，在天津历史上杰出的民间艺人辈出。不论以个人为代表的民间艺术，如泥人张、风筝魏等，还是千家万户集体生产性质的民间艺术，如杨柳青年画，都享誉四海。特别是，昔日的天津还有过驰名华北地区的"易德元剪纸"。津门刀剪一动，向例快利流畅，精妙绝伦。今年"首届天后宫剪纸大赛"的头奖作者是一位七十余岁的老太太，名叫尔联美，家在津南区。她用剪子随想随剪的"风情剪纸"，优美自然，富于意境；山水草木，皆含情感。这使得大赛评委、剪纸艺术专家仉凤皋连连说："这种风情剪纸如今在全国任何别的地方也见不到了。"这样，在当今年俗匮乏的大背景下，一批技艺高超的津门剪纸艺术家便应运而生。新一代民间剪纸艺术家不仅在雕刻技能上超越以往，同时广泛吸收了国画、脸谱、年画、版画以及各种造型艺术的题材和手法，极大地拓展了剪纸的表现力。在天后宫广场上，每年都有几百种新花样的剪纸投入市场。这种状况中国剪纸史上也极为罕见。

  然而，民俗剪纸在天津的复兴，最关键的原因还是当地人对于年炽烈的情感。而年的情感也是生活的情感。天津是商埠，商埠的人对生活的需求，既实际又强烈。由于年的本身意味着新生活的来临，因此人们对美好和富裕的生活企望就来得分外殷切。这过多的热情，只有大量的众多的民俗方式才能承载！故此，津门的年俗（妈妈例儿）在中国的大城市中也是最繁多的。

  为此，在包括年画在内的年俗都在渐渐地淡化之际，天津人的文化失落感会分外强烈。但谁想到，他们竟然会把古老的剪纸发扬光大、百般营造，一直推到年文化的前台来！

  于是，大年时节，天津沿街的房屋、商家、餐馆、住房，哪怕是高高的楼窗上，也是一片火红的剪纸——与纷飞的白云一起飞扬。

年味最浓是津门,年意最深亦津门。

我真为我们天津人的民俗文化的创造力感到骄傲!近两年,天后宫剪纸已经开始远销北京、河北、山西、内蒙古和东北诸省份,大有当年杨柳青年画的那种规模与气势,甚至连行销的路线也同昔日的年画一样!呵呵,天津人正为神州大地献上一片鲜丽的民俗文化之花。

写到此处,满心欢喜。今年新春,胜似往年。情之所至,挥笔写道:

昔日杨柳青,今朝天后宫。
画老年不老,新翻剪纸红。

2001年1月20日

应保持我们春节的仪式感

年轻人现在爱讲一个词：仪式感。春节有没有仪式感？这是我近来思考的问题。

有人认为我们的春节没有仪式感，不如西方的圣诞节，西方人要摆圣诞树、唱圣诞歌、过平安夜，而我们的春节已经被理解为一场皆大欢喜的玩玩乐乐，大年三十晚上摆上一桌团圆宴，吃一顿饺子，再放放鞭炮而已。这是一个很大的误解。我们的春节原本是有很强的仪式感的，但如今传统的仪式感已经被我们遗忘了。这的确是一个很大的文化失落问题。

中国人传统过年的仪式感与西方人过圣诞节的仪式感有个很大不同：我们的年背后没有宗教。圣诞节有宗教严格的规制支撑，有些仪式实际是宗教仪式。而我们传统的年是一种生活节日，支撑它的是传统民俗。但我们传统的年俗，并非可有可无，也有着很严格的程序。比如在年的筹备上就有一整套要求。再比如，吃年夜饭之前必须祭祖，祭拜"天地君亲师"，以焚香磕头的方式，向大自然、祖先、师长以及生命的传延表达感恩与敬畏之情。我曾经写文章回忆自己童年祭祖时的恭敬严肃，祭祖的先后要遵循祖父、父亲再到我的序列，以表达一代代传承有序，心中自小便自然形成了对"天地君亲师"的敬畏之心。辛亥革命之后，中国人推翻君主专制，"君"被拿掉，但我们对"天地""亲"与"师"的敬畏却应该传承下来。一旦中断，传统的精神就会显得模糊。

祭祖之后是阖家团圆，今天我们把它看作是一顿团圆饭，其实没那么简单。一个家庭一年一度地把家庭的人气凝聚起来，和谐相助，这也是我们中国人最看重的。而且这种以家族为单位的凝聚实际上是我们这个民族凝聚力的根本。在这个时候，全家人又不由自主地都会说上一些吉祥话，相互助兴，特别是让老人高兴。春节时，老人一定要放在"最上面"的位置，桌上最好吃的菜要先夹到老人碗里，这种意识一年年早已深入到我们的骨头里。

民俗是一种亲和又美好的生活文化和生活情感。它是一种朴素的"仪式"，它不像宗教仪式那样严格规范，却由衷地发自内心。它最重要的不是形式，而是精神内涵和情感内涵。

现在媒体上经常提一句话：我们要追求传统节日的现代表达，我认为这是一种误导。传统节日正是我们当代人少有的真正亲近传统、温习传统、尊重传统的时候，难道我们要把传统的东西都变成动漫才能过年吗？当今的西方人过圣诞节所谓的"仪式感"，正表明他们完全按照西方传统在过节，为什么他们能够觉得传统是可爱的，甚至是神圣的？因为传统不完全是形式，形式当中蕴藏着一代代人的情感，这是我们文化和生活中最珍贵的部分。

所谓传统节日的现代化表达，无非是把传统的吃喝玩乐变为现代的吃喝玩乐，以好不好玩的心态来看待传统节日，而不是把它当作一年一度对生命的祭礼，这是不是太肤浅，把年看扁了呢？如果年正在失去自己特有的仪式感，我们的传统将变得越来越浮光掠影，这样我们失去的不仅是年的魅力，还有我们的节日深厚又美好的生命情感和精神传统，这是我最为忧虑的问题。

2019 年 2 月 2 日

春节假期应前挪一天

多年来，春节放假一直是由初一至初七，前后七天。我们已经习惯了这样的假期，因此年年必然都会感受到一种别扭，便是除夕那天由于尚未放假而忙得人仰马翻；但到了春节假期的最后一天（初七），又闲得无事可做，甚至会觉得乏味和无聊。

为什么年年过年都是这样开头紧张，结尾淡而无味？究其根本，乃是春节的放假没有遵循民俗习惯、节日内涵和人们的文化心理的缘故。

春节是中国人传承了数千年传统的节日。在农耕时代，人的生活节率与大自然的四季是同步的。年预示着新一轮的开始。过年最重要的生活与生命的意义便是"辞旧迎新"；也就是送走过往的一岁，迎接姗姗而来的新的一年。于是对往日的怀念，对意外不幸的担忧，对新生活的憧憬与企望——这些心理与情感，全都集中地表现在过年的这几天里。

在春节这几天中，正月初一，元旦之日，新春伊始，固然重要。但除夕这天，似乎更被中国人所看重。因为从时间上看，只有除夕这天，才更具有辞旧与迎新的意味。

故而，在这一天，身在天南地北打工做事的人全要赶回来，全家老小聚拢一起，以美食美酒助兴，相互祝福，享受亲情，共度这个一年一度的"辞旧迎新"的时刻。

为了过好这个隆重又非凡的日子，各种准备工作从腊月二十三（或二十四）就开始了。全国各地都有歌谣，合辙押韵地道出哪一天要做什么。为了过好年，人们要不断地往节日里增添力气，以表达对生活的热情与希冀。

从年俗上说，除夕这天就是"年"。中国人把这天亲热地称作"大年三十"。这天绝不只是吃一顿"年夜饭"。年夜饭不过是除夕的一出重头戏，还有许多必不可少的大活动都要在这一天进行。从敬祀祖先、年夜守岁，到子夜时分燃放爆竹。而这一天最令人欢悦和感动的还是以家庭为中心的人间团聚。不论是男女老少一起忙碌着年夜的酒饭，还是在寒风中终于点燃了烟花的药捻，年的高潮、年的情怀，以及最深切的年味都是在大年三十这一天。

因此说，这个真正属于"年"的日子不放假，有点不合情理。近年来，每逢除夕，许多单位领导和老总都注意到"以人为本"，格外开恩，早早收工，叫职工们回去"忙年"了。尽管如此，法定不放假的除夕之日，还是叫人感觉"皮肉不合"，紧迫又忙乱。

再有，便是春节假期的最后一天——初七。待到长长的假期到了这天，该去拜年的已经全拜过了，大小聚会也转过一轮。倘若忽然想起哪位熟人，反倒不好去上门拜年了，怎么挨到初七才想起人家来呢？在传统年俗中，初五之后，生活进入日常状态，商家全都开市，谓之"破五"。到了初七就更没有什么大节目了，实际上已经无年可过。于是这天就成了春节假期的"垃圾时间"，变得可有可无。这样的假期还有意义吗？为什么还要放假呢？

为什么不把春节的七天假期前挪一天——从大年三十放到初六？这样，人们既可以把除夕过得更充分、更从容也更尽兴，还可以割掉年假中那条无用的长尾巴，使整个春节紧凑又饱满。

如今，我们已经将春节列入我国首批非物质文化遗产。

节日遗产不同于艺术遗产。艺术遗产的传承者是艺人，节日遗产的传承者是全民。这个遗产的保护是设法使大众永远把节日过得有滋有味。那就首先要遵从文化的规律，顺乎民情表达，合乎年俗内涵，才能使优秀的传统文化得到真正的弘扬。

2007年1月24日

除夕应当放假

最近"取消除夕放假"的做法引起了热议，既表明传统节日春节在中国人生活中的至关重要——中国人真在乎"年要过好"，也表现了人们对自己生活和文化权利的关切。这件事应当十分重视。

2007年全国两会期间，我曾就"春节假期应该调整、除夕应该放假问题"提交了提案。我的观点是：

一、节日不同于一般假日，不是全民休假，节日放假应遵循节日规律与需求，特别是传统假日，要尊重传统，合乎民情，以使百姓过好年节。中国人的年俗——回家过年、合家团聚、吃年夜饭、燃放烟花以及看春晚，都在除夕。中国过年主要是过除夕。春节放假首当其冲就是除夕。除夕放假有利于人们过好年。

二、2006年我国已将春节、清明、端午和中秋列为国家文化遗产。传统节日应放假，为传统节日的传承和弘扬开设空间和平台。

　　2007年全国两会后不久，国家法定清明、端午和中秋放假；春节假期前调，除夕放假。这个决定实施了五年，春节过得松快充分，大家高兴，应该说没有理由，也没人呼吁再改回来，而且这种更改也无文化依据。

　　故此，现将六年前的提案再发表出来。希望有关部门能慎重考虑，有误即纠，重新修正春节的放假方案。

2013年12月13日

关于建议春节假期前挪一天的提案

　　春节是中华民族最重要的节日。在数千年的农耕时代里，经各族人民的文化创造，春节成为一年一度生活中的大事。它独特而丰富的民俗文化，体现着中华民族的精神个性与生活情感；它欢乐、祥和、团聚的节日主题，蕴藏着强大的民族凝聚力，为四海华人所认同和共享。

　　2006年，经国务院公布，春节已被列入首批国家非物质文化遗产。

　　如何保护和弘扬中国的年文化，使百姓过好春节，便是首要的事。

　　从这点上说，现行的春节假期是不合理的，应予调整。

　　由于农耕时代，人的生活节率与大自然的四季是同步的。年预示着新一轮生活的开始。过年最重要的生活与生命意义是"辞旧迎新"。所以，依照传统，最重要的日子是除夕这天。只有除夕这天才真正具有辞旧与迎新的意味。

故而，这一天外出工作的人全要赶回家，全家老小聚拢一起，以美食美酒助兴，相互祝福，享受亲情，还要燃放烟花鞭炮，共同度过这个关键的时刻。除夕这天（俗称"大年三十"）是春节中最重要、最关键的一天。

但是现行春节的假期都是从初一开始，直到初七。致使人们直到除夕心里急着回家过年，人却还在单位上班。近年来，外出打工的人愈来愈多，由于人们无论如何要在除夕这天赶回家，这便是人为地造成人们的精神以及运输的紧张。

此外，依照民俗初五（俗称"小年"）之后，各行各业都已开市开业。年俗事项基本结束，已经"无年可过"，春节假日却要一直延至初七，反而使春假变得乏味与疲敝。

造成上述的春节假期不合理的原因，是假期的制定没有依照节日的传统习惯和民俗内涵，而是把它当作一般节日对待的。

节日遗产不同于艺术遗产。艺术遗产传承者是艺术传人，节日遗产的传承者是全民。只有广大人民过好春节，从精神到心理都能得到充分满足，节日遗产才能传承下去。这也是最好的文化保护。那就首先要遵从文化的规律，顺乎民情表达，合乎年心理的需要，以使优秀的文化得到弘扬。

为此，建议将春节假日向前挪一天，即从每年的除夕之日到初六放假。

2007年2月22日

春节是中华民族最大的非遗

  春节是中华民族最重要的节日,也是民间生活最大的事。在几千年农耕生活中,人的生活与自然节律一致。年是大自然季节更迭周期之始,也是人们生活的新起点,人生道路的共同节点。人们自然要把对未来的希冀、憧憬和热望,通过年俗表达出来。数千年来,中华民族集体创造了一整套极其密集和丰富的年文化。年文化的本质是精神的、理想的。它是中华民族精神、文化、道德、价值观和审美的传承载体;它最鲜明地体现中华民族独特的文化基因,它是中华文化形象最迷人的体现;它是民族凝聚力和亲和力的源泉;是中华民族精神遗产和传统的软实力。无论其文化规模与价值,还是精神内涵与意义,春节都是中华民族最大的非遗。

  从文化学角度看,春运是一种文化现象。它是民众心中对年的需求乃至渴望的表现。它象征着春节在人们心中至高的位置,表明春节这一重大遗产今天仍被生机勃勃传承着。反过来,

◎ 正月初五的街头花会

它也体现春节在中国人心中非凡的精神文化分量。

近五年春节作为非遗受到政府和各界的重视。如列入国家非遗名录、假期前调、春晚、取消除夕禁放烟花爆竹等，春节已初步摆脱淡化的威胁。

我国在人类非遗的申遗上，建议应将春节放在首位。作为非遗的春节，全民都是传承者。将其推入人类非遗，可以提高人们对春节文化保护全民自觉，增强人们的文化自信，促进中华民族的四海一家的认同感与亲和力,同时,加强国家与民族的软实力、文化影响力和民族人文形象。

> 在国务院参事室春节文化论坛上
> 的发言要点,2010年1月8日北京

春节申遗"知情同意证明"

我是冯骥才,1942年生于中国天津。我是作家,教授。我在天津大学创建了中国首个非遗学硕士点。2001年我组织了中国民间文化遗产抢救工程,2006年担任文化部国家非遗名录的专家委员会主任。春节一直是我工作的重点。

我的祖祖辈辈一直把春节当作一年一度最重要、最期待、最美好的节日。中国农耕社会古老而漫长,人们生活和生产的节律依从大自然的规律与季候。春节处在旧的一年离去、新的一年到来的时候,此时人们对新生活充满梦想与希冀,故而创造出一整套异彩纷呈、极具魅力的风俗和民艺,以贺新年。

春节的时间跨度从农历腊月底直至转年的正月十五;其间各种年俗连绵不绝;从庙会、社火、戏剧、音乐、游艺,到年画、窗花、福字、春联、年夜饭等等,不胜枚举。春节的习俗既有程序性和仪式感,也有人们即兴的发挥。人们对生活的理想与愿望是春节民俗核心的内容,比如幸福、平安、和睦、健康、圆满，以及家庭的团圆。为此，春节是熟悉和认知中国人最直接的文化窗口，是最具中华文化的传统节日。

三十年来，对春节遗产的保护和弘扬一直是我志愿的工作。比如我的关于春节除夕放假的提案得到了国家的采纳。我组织了为期十年的年画普查，完成了所有重要年画产地的档案的采集和编制，建立了中国木版年画数据库和研究中心。面对公众，我写了大量关于春节价值的思辨性的文章，主编了普及性的读物《我们的节日·春节》。作为作家，我还写了许多关于春节的散文和小说；作为教师，我在大学培养了许多研究春节文化与艺术的研究生。

对于"春节——中国人庆祝传统新年的社会实践"申报列入人类非物质文化遗产代表作名录，我全力支持。倘若成功，将有助于这一伟大而瑰丽的文化遗产的保护，有助于它作为人类文化多样性重要的一部分为全人类所共享。我本人将进一步做好自己的工作，致力宣传春节的意义和文明价值，促使人们更加自觉地做该遗产项目的主人，并科学地促进传统融入当代生活，让这一文化奇葩永久地开放。

2023 年 3 月 17 日

春节列入人类非遗意义非凡

　　我十分欣赏和钦佩联合国教科文组织世界遗产委员会的眼光，他们从人类文明的高度，遗产自身崇高和重大的价值，以及历史的经典性，选择并认定了中国传统节日春节为"人类文化遗产"（人类非物质文化遗产代表作）。这件事意义非凡。

　　春节是中国最重要的传统节日。中国是个古老的农耕国家，春节四千年的节日史，浸透了深刻的农耕的意义。在农耕时代，生活依从生产，生产依从大自然的四季。大自然每一轮四季的更替，都是人间新一轮生产、生活的开始。于是，人们对一年一度冬去春来的节点——"年"尤为看重，自然把对新一年生产和生活的向往，都放在对年的祝愿里，成为过年巨大的精神驱动力。中国人的春节是理想主义的。届时，所有人间的美好的期许：幸福、平安、慈孝、和谐、健康、团圆、富有，都在春节中释放出来，共同汇聚成年的主题。

　　然而，人们不希望理想只是一种空望，还要看到自己的理想，于是创造了一系列年俗，把理想现实化，让现实理想化。人们通过各种传说、敬神、祭祖、年夜饭、灯笼、鞭炮、春联、福字、窗花、年画、香烛、压岁钱、拜年、庙会、花会、社火等等难以尽知的风物与习俗，采用富于魅力的绘画、书法、音乐、曲艺、杂技、戏剧、雕塑、民间工艺等等几乎所有的艺术形式，以及年时特有的吉祥图案和吉祥话语，努力将年营造成一个极其强烈的、理想化的、易感的、春节特有的文化空间。在世代相传中，人们一边相互认同、约定俗成，一边不断地自我丰富、深化、规定，从而形成了中国最具影响力的节日。春

◎ 上世纪九十年代每年腊月都到津西南乡镇集市上调查年俗

节在中国人生活中已经必不可少，而且一定要努力把年过好；在"年心理"上，人们把一个过好了的年，看作新的美好一年的预示。

同时，中国地域多样，山川相异，民族众多，风物不同，特别是古代交通不便，彼此隔绝，致使各个地域的年俗自具特色。比如，中国的木版年画产地遍布全国。木版年画是现今唯一还在活态运用着的古代的雕版印刷；中国春节各地张贴年画的习惯大致相同，但雕版和绘制的技艺各逞绝技。其他年俗也都如此。每个地方的习俗全都自具特色。因此，许多地方的年俗都因价值独特和技艺高超，列入了中国的国家非遗名录。

进而说，在中国的节日中，春节的时间跨度最长。从农历腊月初八（另说祭灶日）到转年的正月十五（元宵节），都在它的节日范畴，在这中间有各种小的节日，民俗活动频繁而密集。当人们从春节走出来，大自然已开始了春天。可以说在中国的非遗中，春节的内涵最为丰繁深厚，方式最多，体量最为庞大，因此我们称它是中国最大的非遗。

然而，上世纪后半期以来，随着社会开放与高速发展，工业化、商品化、城市化，以及外来文化的冲击，一些传统习俗受到漠视而渐行渐远，一些宝贵的传统价值受到质疑，春节出现淡化。文化传承关系到文明的延续。这是世界上许多先发现代化国家都遇到过的问题，也是上世纪末知识界共同的文化忧患。

始自本世纪初，一个崭新的概念在联合国教科文组织达成了共识,即"非物质文化遗产";跟着是《保护非物质文化遗产公约》(下称《公约》)的确立。

非遗是一个伟大的概念。历史地说,它的诞生是人类对历史遗产认知的一个新的突破,新的高度,新的发现;它发现人类遗产在原有的物质文化遗产之外,还有一宗极其巨大、灿烂多姿、活态和非物质的文化遗产,是过去我们没有认识的。如果得不到关切和保护,便会渐渐消解乃至消失,许多活生生的文明的脉络就会中断。非遗概念的出现,使人类对自己的文化遗产的构成有一个全新的认识,也是完整的认识,它更新了我们的遗产观,也健全了我们的遗产观,从而挽救了一大批行将消失的非遗。这是人类历史上一次伟大的文化的自觉,是人类文明史一次里程碑式的进步。

中国是《公约》最早的缔约国之一,随即对中国自己的非遗启动了全面的普查、认定、建立名录、确定代表性传人等一系列工作。2006年确立和公布了《国家级非物质文化遗产代表性项目名录》。我在名录专家委员会担任主任。第一批国家名录就列入了春节,可见春节在中国的非遗中首当其冲的重要性。

由政府主持的非遗工作直接推进了非遗的保护。近二十年,春节文化得到复兴与发扬。从政府到民间、从学界到传媒都做出了很大的努力,许多消沉下来的春节习俗开始复苏,比如社火、庙会、窗花、年画、灯彩等等。春节的现状表现在两个方面:一方面是仍然保持着强劲的活力,这从每年拥有几亿人浩浩荡荡回家过年的"春运"可以鲜明地看到;另一方面则是新生的一代人对传统年俗的隔膜与陌生,缺乏认同感,这在城市

◎ 年时姑娘们的最爱

比乡村严重。这表明，在时代快速发展和社会转型期间，遗产保护任重道远，需要加大力度，需要更新传播方式，需要提高全社会传承春节文化的自觉。

在这样的背景下，春节列入了人类非遗，它意义重大。

首先，有助春节的主人——中国人——重新认知自己的春节，认知春节的深邃意义和全部价值。只有真正地认知，才会更加切实地热爱。

同时，它给中国人带来一种光荣感和自豪感，为自己的民族对人类文明做出了贡献而光荣、而自豪。这种自豪感是保护和传承好春节强有力的动力。

另一个重要的意义是国际的关注。成为人类文化遗产的春节，不仅是本民族的，也是全人类共同享有的历史财富和文明遗产。全世界都可以欣赏和享受这一遗产特有的艺术魅力和文化风采。它将丰富世界人民的文化生活。对于春节，还有一个特殊的作用，由于春节富有中国人的理想、向往、追求和性情，最能讲好中国的故事。它将使国际人民从中直接了解到中国和中国人，促使人们彼此认知、和谐相处、相互团结，这正是我们设置"人类文化遗产"的终极目的。

我深信，我们将在未来的日子里，渐渐感受到春节列入人类非遗深刻的意义；无论是对于这一遗产的珍视和保护，还是促使现代人享受美好的传统，让人类彼此间文明共享，让文明更文明。这个意义都无比重要与非凡。

2024 年 12 月 24 日

年的话语

淡淡年意深深情

记：大冯，过年好！除夕午夜给你打电话，怎么没人接？

冯：嘿嘿，那会儿我到室外放鞭炮去了。

记：噢？想不到你过年时还有这份兴致。

冯：是啊，我每逢过年都非常带劲。但今年春节来得过早。我刚从北京开过画展，很累，有一大堆事务等着处理。到了年根底下，忽然觉得一点年意都没有。我急了，跑了三趟娘娘宫，又到西郊静海、独流、杨柳青等地的年集上采风，选购民间民俗用品。在那些兴致勃勃预备过年的老乡中间一挤，年意就来了。年意在哪儿？一是在自己心里，一是在相互之间，年意是相互感染的。大家都有兴致过年，你也就身在其中了。

记：你想从过年中得到什么呢？

冯：当然不是压岁钱（笑）。每逢过年，我都要把屋中西洋风味的陈设收一收，将应时的年节物品花花绿绿地摆出来。我把自己的画也统统摘下，换上珍藏的古版杨柳青年画。我想从中重温祖祖辈辈的生活方式，体验他们对生活独有而深挚的情感，感受深藏在中华大地上深厚的文化底蕴与朗朗精神。每逢过年，我觉得土地是热的，民族这个概念变得更实在、更动情。

记：我想，这可能是具有作家和画家双重身份的你，对"年"的一种偏爱吧！作家看问题总是有自己独特的视角。高尔基说过，"文学即人学"，你能从人群中"挤"出年味，又从年味中体验到华夏文化的深厚底蕴；而在很多人看来，过年就是过年，甚至认为置年货、忙吃喝、放炮拜年劳民伤财，意义不大，所以主张淡化过年意识。

冯：在文化上看，古老的东方向现代的西方开放的初期，自己原有的文化必然遇到冲击，这是近年来传统的春节趋向淡化的主要原因，今年更为明显，外来的文化以先进的科学技术为载体，尤其现在中国人的家庭中年轻一代渐渐成为一家之主，他们对闯入生活的外来文化充满新鲜感和情趣；原因之二是人们的社会活动与经济行为多了，平时很累，加上现代人喜欢简便、快捷与舒适，不愿再遵循传统的繁缛习俗；原因之三是现代生活方式与工具渗透到年俗中，悄悄起到移风易俗作用。

比如电话拜年，免去徒步串门之劳；再比如电视春节晚会已成了大年夜最重要的节目之一。有一种说法：过年只剩下吃合家饭、放鞭炮和电视春节晚会三项内容。若去掉这三项也就没有春节了。

倘若依此想下去，真叫人有些担忧。但我认为，目前年的淡化是外来文化冲击和生活方式骤变的结果。如今，春节一半是过年，一半已成为一种文化了。现在社会发展的程度尚未达到从文化上认识年的精神价值。我想，待社会的文明与文化到了相当高度，会出现年的复兴，复兴不是复旧，而是从文化上进行选择与弘扬。

记：坦白地说，我也是主张淡化过年意识的。但听了你昨天的一席话，我忽然觉得这"年"的学问还真不小。这其中既有民俗学，又有美学、社会心理学、中西方文化比较学。这些东西看起来有点儿玄秘，仔细思量与每个现代人都不无关系。只是，我们没有像你那样从理论上深入挖掘罢了。

冯：好，那我继续给你"挖掘"。新旧两岁更替，子午交时，即是过年。此时，冬去春来，万象更新，大自然四季开始新的一轮。中国是个农业国，十分注重节气；节气即收成，收成即生活，所以非常看重这个除旧更新的年。中国的年又在农闲期，火爆热闹的过年象征着生活的蓬勃与生命的旺盛。千百年来，一代代中国人创造出无数方式，使年充满情趣、快感与魅力，构成庞大深厚的年文化。在这年文化中，最深刻地、最淋漓尽致地倾注了中国人的民族精神与民族情感，最集中、最鲜明地表现中国人的凝聚力、亲和力、向心力和浓重的乡恋与黄土情。年根底下，身在异乡异地的人，背着几包当地土产，嘴上叼着火车票，挤上车，说什么也要在大年三十以前赶到亲人中间；拜年的时候，说吉祥高兴的话，不能找别扭，那种亲情和平时串门绝然不同。过年是人们自动搞好团结、加深人情的时候。中国的年是最有人情味儿的节日；中国人每过一次年，就深化一次我们民族的亲和力、凝聚力，也就是加强民族的生命力。所以聪明的政治家总是让人们过好年。中华民族五千年，几经异族入侵与国家沦亡之难，但最终竟将入侵的异族同化，消灭于无形，这就是中华文化的力量。任何一个发达国家在现代化及与世界交流的同时，都注重尊重传统，保护自己的文化，在这方面日本人做得既明智又成功。一个民族独有的文化就是这民族的根。淡化传统是自我削弱。我想，那些主张淡化过年意识的人应该研究一下我们的民族史，同时弄懂现代化真正的内涵。

记：我有个感觉，天津人的过年意识似乎特别强。从腊八到正月十五，过了大年过小年，过了小年过元宵，不断有新内容，不断掀高潮，其他大城市好像年味不如天津。

冯：的确，在北方大城市中，天津要算年俗最浓、年意最深的一个。原因很多，一是天津城市历史较短，三百年前的天津还像个农村的集市。农村的年俗强有力地影响着天津这个大城市的地方习俗。比如天津那么热衷于吊钱和花会，这在其他大城市是少有的。二是由于天津为码头发展而成的商埠，市民阶层大，百姓重实利，理想的目标既短又具体，生活要求很实在，这种心态就很自然地寄寓在各种年俗中，造成地方年文化的繁琐与浓郁、挥霍与火爆、过激与炽烈并存，地域特色非常鲜明。三是位于旧城东的天后宫是天津最早的"市中心"，三百年来也一直是天津人过年的中心，购买年货市场，也是天津地方年文化的源泉。这一地区对年文化起到固定作用。由于天津富于年文化浓厚的土壤，才使得杨柳青年画、伊德元剪纸、天津皇会等民间艺术名扬四海。这些民间艺术反过来增强了年文化的魅力与持久力。至今此地人过年时，采买年俗物品和应时点缀都要到天后宫来。天津人仍在丰富自己的年文化。

◎ 年的温馨

记：正如你所说，春节晚会已成为人们过年的主要内容之一。我曾与中央电视台春节晚会总导演聊过，他们认为，春节晚会采取现在这种茶座式、联欢式，是老百姓最乐于接受的形式，比较有年味和现场感。所以近年来虽然有人建议改变一下晚会形式，均未被采纳。不知你对今年春节晚会印象如何？

冯：年年人们盯着春节文艺晚会。作为家庭消费文化的电视文艺，它和大年夜"合家团圆""吃年饭"很自然地融为一体，成为一种新民俗。今年的春节晚会各报评论不少，有贬有褒。我想，一是人们期望值过高，容易失望；二是春节晚会这种形式用到头了，缺乏创造性，缺乏想象力；艺术就怕不给人新鲜感。应从电视语言和总体设计上打开局面。只靠个别一两个好节目，只能升温不能升华。

记：最近，出现了禁放鞭炮的舆论，我认为代表了相当一部分群众的愿望。对此你有何高见？

冯：鞭炮不是一种罪过，而是一种民俗，谈不到用"严禁"二字。民俗是被公众认可的、历代传衍下来的一种文化生活方式和民族情感方式。一旦这方式形成，便成了这个节日的象征。中国人在子午交时燃放爆竹除旧更新，如同西方人圣诞之夜狂欢一样，既是万民同庆，也是各自心情的宣泄。表达喜悦也好，避邪崩"小人"也好，都是达到一种轻松、一种欢快、一种释放与解脱。深深的年意也融在其中。倘若大年夜隔窗望去，外边万籁俱寂，云天漆黑，那是一种什么感受？西班牙人斗牛充满风险，但西班牙人不会禁止这一风俗，这样的例子在世界上举不胜举。因为风俗浸透着民族的精神与情感。对一种浓郁地表现民情民意的风俗，最好不用禁令。一个民族的文化方式被戛然而止，恐怕也不可能。

记：凡事怕走极端。现在人们在放炮的数量和响度上似乎存在一种攀比心理。这样攀比下去，弊端也不小。我认为应当限制鞭炮的生产。因为生产对消费起着一定的引导作用。

冯：当然我也不同意鞭炮愈来愈大、愈响，像炸弹一样，容易伤人。在没有找到更好的方式代替传统习俗时，是否可以做某些改良？如在鞭炮的质量上、种类上，放鞭炮的时间或地区上做某些通情达理的限定，同时普及一些安全教育？如果把中国的春节变成西方的年节，其损失恐怕更难估量。

记：能谈谈你对未来中国这一传统节日的展望吗？

冯：尽管近年来从表面看，年味和年意淡了，少了，但人们的民族情感还是在除旧迎新的时刻被重新焕发，传统的风俗还是复又重温。现在的困惑是，当春节及其风俗渐渐质变为一种文化时，既没有制造出被大众普遍认可的有魅力的新习俗取代旧习俗，又没有从文化的高度享受传统，享受祖先留给我们这份宝贵的精神财富，把过年从生活上的必不可少，变为文化上的必不可少。现阶段，我们的责任唯有珍惜传统和保护传统。由此，我对今年过年总的体会是一句话，淡淡年意深深情。

1993年2月4日《今晚报》杜仲华

人情味是最深的年味

每至年关，大冯（业内对冯骥才先生的尊称）总是风尘仆仆，不仅要像平日一样忙他的事业，还要为年而忙。在很多人的印象里，他是文化名人中最重视年、最会过年的。2014年1月，环球人物杂志特约记者从天津追到北京，参加完他在北京图书订货会上的新书发布会，又从北京追回天津，最终在天津大学冯骥才文学艺术研究院完成了这次采访。

中国人崇拜的是生活本身

环球人物杂志：每种文化都有代表符号，过年在中国文化中代表什么？

冯骥才：世界上每个民族都有自己的崇拜物，中国人崇拜的是生活本身。人们给神佛叩头烧香时，并非信仰，亦非尊崇，而是希望神佛降福人间，能过上美好生活。至高无上的仍是生活本身。

中国人过年，与农业关系较大。农事以大自然四季为一轮，年在农闲时，有大把的日子可以折腾；年又在四季之始，生活的热望熊熊燃起。站在旧年终点，面对未知生活，人人都怀着愿望：企盼福气与驱走灾祸。于是，千百年来，有一句话，把这种"年文化心理"表现得简练又明确，便是：驱邪降福。

环球人物杂志：我记得您曾经说过："年实际上是一种努力生活化的理想，一种努力理想化的生活。"

冯骥才：对。过年时，生活与理想混合在一起，无论衣着住行、言语行为，无不充溢着特殊的内容、意味和精神。且不说鞭炮、春联、年画、压岁钱等专有事物，单说饺子，原本是日常食品，到了春节也非比寻常。所以，对于中国人来说，过年是非要强化不可的，一切好吃好穿好玩以及好的想法，都要放在过年上。平日竭力勤俭，岁时极尽所能。

环球人物杂志：都说现在人情淡了，但像全家一起吃年夜饭、给长辈拜年等，还是大部分中国人都会坚守的形式，这些又代表了人们什么样的期望？

冯骥才：这些过年的形式就是年俗，种种人间亲情都深切地寄托在年俗之中。合家团聚、走亲访友是年俗的主题。一直过着群体生活的中国人，最美好的向往就是人与人之间的亲近与和谐。其中有对父母与长者的敬爱之情，也有手足牵连之情、邻里互助之情、朋友相援之情，以及对故土家乡依恋的情感。大年夜的合家团聚，正月最初几天亲友们的相互走动、登门拜年，等等，无不是加强与维系这种人间情谊的形式。人情味正是中国人最深的年味。

春运是年味的新载体

环球人物杂志：现在过年远没有以前有意思，您觉得主要是哪些因素造成的？

冯骥才：究其原因，有很多方面。

一是与年味相关的民间崇拜消失了。以往在民以食为天的背景下，民间诸神中当以灶王祭祀最广，沿用的寿命也最久。但是随着农村温饱问题逐步解决，对灶王的信仰连同祭灶的糖瓜，从年文化中都匿迹而去。应该说，民间崇拜与民间信仰在当今年的仪式中已接近消失，这一部分年意与年味也就失去。

二是传统的年，往往把吃穿的水准提高到极致，而当今中国人不愁吃穿，平日酒杯抓在手里，名牌挂在屁股上，到了过年就很难再营造出享受的高峰。年的意蕴与劲头随之滑落，年意又出现一大片空白。

三是伴随着通讯的便利，很多人把往日的走亲访友，改换成例行公事般拨一拨电话号码。即使相隔三五条街，也抓起话筒说几句空洞的拜年话了事。门前冷落，年味自然就淡了。

四是年的符号日见寥落。在都市里，窗花、年画与现代家居格格不入；公寓防盗门的门框上也无法贴春联。年的情感与年的意愿放在哪里？

环球人物杂志：这些年，您一直致力于保护年文化。在年文化的复兴中，最难的是什么？

冯骥才：没有年意了！没有年味了！恐怕这是当代中国人一种很深的文化失落。不过，当我们在年前忙着置办年货，或者在各地大小车站看着成千上万的人，拥挤着要抢在大年三十

◎ 北方年俗初二回娘家

回到家中时，我们会感到年的情结依然如故。所以，年在人们心里其实并没有淡化，真正缺少的是年的载体。

不过，新的载体也在出现，最近三十年，春运就是在过年前后最独特的现象。此外还有春节晚会、短信拜年等。复兴不是复旧，而是要从文化上进行选择与弘扬。

环球人物杂志：在很多年轻人心中，传统年的意义确实弱了，他们更热衷于过一些"洋节"。对此，您怎么看？

冯骥才：对现在的年轻人来说，要紧的是不能把传统扔得太快。

在经济全球化过程中，外来文化的冲击是根本性的。这不仅是对年文化的冲击，也是对整个中华传统文化的冲击。外来文化以流行文化为主体和先锋，它在西方世界已经被打造得非常成熟练达，在商品社会光芒四射。它一来，就猛烈地冲击着我们固有的文化，并成了相当一些人失去文化自信心与光荣感的根由。如果我们还不清醒，不自觉并有力地保护传统及其载体，我们传统的精神情感便会无所凭借，落入空茫。

现在我们在春节时感到的失落感，将来一定会出现在各个方面。也许到那时人们在物质上很富有，但一定会在精神上感到贫乏，而这物质的富有和精神的贫乏都是我们留下的。

最怀念的是守岁和戴花脸

环球人物杂志：您现在常常会回忆起小时候过年的情景吗？

冯骥才：小时候过年是非常欢快、喜庆的。吃穿玩乐花样多，所以我们盼过年的心情比大人来得迫切。除夕夜是要守岁的，祭祖拜天地，全家吃长长的年夜饭，而且午夜时那一场声响震天的爆竹，总是让人斗志昂扬。最后一个烟花——金寿星顶上的药捻儿，一定是由我去点燃。火光闪烁中父母的笑脸现在还清晰记得。放完鞭炮，我往往就支撑不住了。大人们还要聊天、打牌、吃零食，过一阵子给供桌换一束香，我就在旁边不停打瞌睡。

环球人物杂志：最怀念过年中的哪件事？

冯骥才：最怀念的事情，除了刚才谈的守岁，还有戴花脸。那是一种用纸浆轧制成的面具，用掺胶的彩粉画上戏里那些有名有姓、威风十足的大花脸。后边拴根橡皮条，往头上一套，自己俨然就变成那员虎将了。这花脸是依脸型做的，眼睛处挖两个孔，可以从里边往外看。但鼻子和嘴的地方不通气，戴上很闷，还有股臭胶和纸浆的味道，说出话来，声音变得又低又粗，却有大将威武不凡的气概，神气得很。

环球人物杂志：那现在呢，您的年都是怎么过的？

冯骥才：我曾写过一篇《春节八事》：大体就是年前到郊区赶赶年集，大多去天津城西的杨柳青、独流、静海一带，感受年的氛围——要说年味浓，还得到乡间；乡间感受完了，再去市里天后宫娘娘庙，它一直是天津城里人过年的中心；家中的装点也必不可少，过年必挂两幅画，一是古版杨柳青年画，二是民国时期画家王梦白的花卉作品，既有年的情致，也有文人追求。

到除夕夜了，在祖先像前摆放供桌，燃烛焚香。然后便是吃年夜饭，燃放鞭炮。初一至初四是我一年中难得的私人时间，关掉手机闭门谢客，写写画画。初五，邀请好友品茗聊天，畅谈新年打算。每年初六为读者公开签名。至此，这个年大体就算过完了。

2014年1月23日《环球人物》赵威

春节，就是回到生命的原点—解乡愁

"有钱没钱，回家过年。"随着春节进入倒计时，火车站、长途汽车站、机场人潮涌动，到处都是"归家人"行色匆匆的身影。

在春运返家的车上，那些挤成一团、千辛万苦的人，没有一个知难而退，全都坚定地渴望着去实现一种情感目标——回家。

到底是怎样的一股魔力能让数以亿计的中国人不辞辛苦、披星戴月，哪怕是买上一张无座车票，"站"着也要回家？究竟是何种力量使中国所有的城市、乡村在一瞬间都变成故乡？

"这是因为有一种特别的年味——'乡愁'在深深吸引着他们。"国务院参事、中国民间文艺家协会主席冯骥才动情地说，每一张小小的车票背后都有一份让人动容的乡愁。在车票的终点站，有家在那头，家里有父母、亲朋、邻里，还有那些分外亲切的老物件、老陈设，以及童年的记忆。"这些'数以亿计'

的乡愁最终汇流成中华民族千古不灭的凝聚力和向心力。"

冯骥才指出，年，是中华民族最大的风俗性节日。从腊八到正月十五，历时一个多月，南北同俗，普天同庆，是世界上最大的节日之一。每入腊月，春运有如飓风来临，及至腊月底这几天，更是排山倒海，不可阻遏。那些长年在外的人，不论身处何地，只要有可能，他们都要上路回家，享受故土和家园的温馨。

乡愁，是忧伤的，也是温暖的；是怀旧的，也是新鲜的。冯骥才说，虽然过年，我们是辞旧迎新，但我们享受到更多的情感却是怀旧，这也是乡愁的一种体现形式。"春节里有一种特定的情感就是怀旧。可以说，春节是个怀旧的节日。"怀旧，是对过往生活的一种留恋，一种对记忆的追溯与享受。每个人的心底都有怀旧的需求，春节回家过年则是满足所有人这种情感需要，为此"春运"才有如此磅礴的力量。

"春节这个中华民族最重要的民俗节日包含了诸多的精神含义：团圆，欢庆，祥和，平安。"冯骥才说，春运所做的就是把千千万万在外工作的人千里迢迢送回他们各自的家乡，去完成中国人数千年来的人间梦想：团圆。"这个时候的故乡、故土、故人就变得特别重要，一定要回到自己的家园和生命的原点，一解乡愁。这种浓烈的乡愁把所有的家乡、把中华大地变成巨大的情感磁场。春运则非常强烈地表达了人们对乡土的这种眷恋、依恋、留恋之情，也让我们感受到了这磁场无比强劲的力量。"

"乡愁"不是简简单单诗化的语言，它的内涵很深，它是中华民族情感的维系，更是中华民族凝聚力和向心力所在。冯骥才表示，过年，是以家庭为单位的聚拢，更是以故乡为核心的团聚，抓住乡愁就是抓住中华民族的凝聚力和向心力。设想一下，如果没有春运，那就不会再"每逢佳节倍思亲"，不会回家过年，心中也就没有一年一度团圆的渴望——我们民族不就完全变了另一种性情与性格了吗？"当然，这是绝不可能的。"

能够回家过年无疑是幸运的，也是幸福的，但也有很多人因为"一票难求"等原因，不能回家过年。

冯骥才说，人在平时也会有乡愁，但过年的时候，这种乡愁会集中表现出来。很多不能回家过年的人都有这种感觉，在"年三十"晚上给父母打电话的声音明显跟平时不一样，很激动，很急迫，似乎更有说不完的话。因此，如果理解了春节的文化内涵和意义，政府各有关部门就应该以人为本，千方百计给人们提供一个更加畅通、更加方便的交通出行环境，在春节假期设定上更加合理化、人性化，让更多的人能够回家过年，享受团圆。

2014 年 1 月 27 日新华社周润健

节日的情怀是不变的

春节、清明、端午、中秋是我国四大传统节日，这些节日中的习俗、游艺、庆典，与大自然的气候和节律，以及农耕时代人们的生产生活紧密相关。随着工商业发展，城市化进程加快，人们与农耕生活逐渐脱节，与大自然也不再那么亲密，很多节日记忆在年轻一代那里慢慢失落了。比如，端午是属于夏天的节日，庄稼旺盛生长，人也要激扬自己的精神，赛龙舟这样的习俗就产生于这种情感需求，那是从田野里生长出来的情感。现在提到端午，人们就不会自然生发出这样的情感需求了，与之相关的习俗也就只会淡化。

传统节日是中国人生活情感和愿望的共同表达，许多传统节日风俗中断了，我们的年轻人没有了节日记忆，令人惋惜。更多的情况是，有些习俗消失了，节日唤起的情感却不会变。比如清明时节，踏青、放风筝、荡秋千的人越来越少了，但对先人的怀念和祭奠却没有变少。中秋节总想团圆，春节总要辞旧迎新，节日的情怀是不变的。

比如说即将到来的春节，贴"门神"辟邪，贴福字迎祥，寄寓了人们对生活的期望：和谐、富裕、健康、平安。传统的风俗越来越少，怎么把节日过好？用更多有活力的形式支撑起民族的生活激情、人们的节日盛情，应举各方之力全力而为。2007年全国两会期间，我提交了《关于建议春节假期前挪一天的提案》，我的提案很快被政府采纳，会后不久，国务院颁发文件决定清明、端午和中秋三个传统节日放假，春节假期前调，除夕给假。这个决定实施了五年，大家春节过得松快充分。中国人过年过的是除夕，过年的劲儿都用在除夕夜，今年恢复除夕放假，也是充分尊重了传统、尊重了民意。政府应为传统节日"搭台"，让春运通畅，鼓励各种春节的活动，比如农村的庙会、城市的年货市场，支持老百姓过好春节。按照中国的传统，年货市场是卖各种应时的过年用品，比如福字、蜡烛、红灯笼、吊钱、年画等。商家开发更多的年货，开辟年货市场，既符合商业的规律，又能为人们带来节日的愉快。记得多年前逛天津天后宫的年货市场，我在一个剪纸摊上看到一个小福字，这福字比大拇指指甲大一点儿，过年时将这小福字往电脑上一贴，上着网，年意顿时来了。这种微型的福字先前是没有的，但人们对它的再创造还是源自节日的情感，传承传统。

对于节日的情怀传承，每个人都应扮演好自己的角色。特别是我们的教育应该突出传统节日的教育，我甚至都想给小学生编一本传统节日的课本，让他们知道这样过节很好玩、有味道、有我们民族的特点。另外，媒体也可发挥它独特的优势，积极营造节日的氛围，把有新意又有传统味道的节日信息传播开来。不过，节日的真正主人还是老百姓。一个节日过得好不好，还是得听老百姓的心声。春节是中华大地各民族的节日，过好春节要看到更多人的愿望。现在办春节晚会，太盯着城市人的喜好，又太在意、迁就年轻人的喜好，而不够关注占全国人口大多数的农村老百姓，这就会使大多数人不满意。

2015年1月16日《人民日报》张珊珊访谈整理

春节正在遭遇的尴尬

中国人的春节正遭遇一种尴尬：传统节日与现代生活融合得不自然，传统走入不了现代。产生这种尴尬有几方面的原因。

与中国人一样，欧洲人也有自己的传统节日，但即使是欧洲年轻人，也不排斥传统节日的习俗与符号。对欧洲人来说，历史是自然流淌、从未间断过的河流，社会从比较传统的状态，线性发展到近现代。而中国社会在改革开放的三十年中，由传统社会急转弯，迅速驰入现代社会，在这中间，传统的习惯一定会出现中断。

中国人之所以有过年吃团圆饭的意识，是因为每个中国人从小都会在除夕这一晚团聚，团圆饭和美的气氛、家庭的温暖、与父母的感情都深印在我们的脑海中，每到年三十这一天就会被唤醒。如果没有这样的记忆，人们就是到了年初一也不会联想起春节的符号和习俗。值得反省的是，过去一段历史时期，特别是"文革"十年，我们把传统作为旧文化、旧习俗来反对，淡漠了年轻人对春节的记忆。在我小时候，父母亲领着我给祖先磕头。直到现在，每年春节我依然要挂祖宗像，但我的孩子们就没有这样的感情，因为过年是强迫不来的，内心有对春节的情感，才会用春节的方式来表达。

　　商品社会，如果一件东西在市场上没有卖点，市场就没有动力去推动。为什么圣诞节带给商家的动力往往很足？因为年轻人对圣诞节的新鲜劲刺激了市场需求。而中国传统节日里与习俗相关的很多用品，正与中国人的日常生活渐行渐远，缺乏市场动力也很自然。

　　因为这些原因，我们离我们的春节远了。

　　春节是中国人美好的习惯，我们应该把它保护好。但春节也是中国人约定俗成、自觉自愿的习俗。守护春节不能光靠讲道理，关键是唤醒人们对春节的情感。

　　情感的养成首先依赖教育。中小学校应当有一套传统节日知识读本。父母也应以身作则，在清明这样的节日带孩子们外出郊游踏春。就像日本人过樱花节，女孩们穿上漂亮的和服，由父母领着一家人在樱花树下畅饮赏花。现代生活与传统情感在这样的时刻自然对接。

　　情感的养成还有赖创新。上世纪八十年代初，中国人刚走出"文革"，不知道该怎么过除夕。春晚恰到好处地出现，它合家团聚、以笑为主的形式，符合中国人过年的心理；晚会时长跨过午夜十二点，符合中国人守岁的习惯。虽然近年春晚屡受批评，却也恰好证明了国人对它的在乎。

　　春晚是春节习俗的一个有益实验，但光有春晚一个实验还不够，各式各样的民间团体、文艺界人士都应当参与进来，丰富春节的生活。过去，一个大家族的人在除夕夜团聚，放鞭炮、打麻将。大家族分散成小家庭后，人们就发明出微信红包这种形式代替鞭炮来维持欢聚热闹的气氛。春节是老百姓自己的创造，寄托着人们对新一年风调雨顺、四季平安的愿望，任何形式、创新只要能满足这种期待，自然会被人们传承下去。

明白这一点，政府就大有可为。政府工作的关键是做好服务，想办法提供更多平台，让老百姓有自由和条件去创造自己的节日。英国伦敦市政府在海德公园搭建了一个水泥台，英国民众可以把自己的雕塑设计发到网上，每年网络票选一座雕塑放上水泥台。也许不过一座普通的雕塑，却给城市生活增加了热点。同样，中国人的春节，也要靠政府搭台、群众唱戏才能越发火热。

2016年2月4日《环球时报》白云怡采访整理

年意淡化是文化的缺失

有人曾对我说:"过年不就是一顿鸡鸭鱼肉的年夜饭吗?现在天天鸡鸭鱼肉,年还用过吗?"也有人说:"过年就是一个黄金周吧,比平时周末不过多出几天而已。"我听罢便说:"你说黄金周也可以,这可是中华民族最大的文化黄金周!"

年,是我们传统文化中最重要的节日,从腊八到转年正月十五,历时一个多月,都属于"年"的范畴。年文化本质是精神的、理想的,是中华民族精神、文化、道德、价值观和审美的传承载体。欢乐、祥和、团聚的节日主题,蕴藏着强大的民族凝聚力,为四海华人所认同和共享。不信,去听听大年夜里中国人相互之间越洋跨洲的拜年电话——它绝不同于平时的相互问候。中国人的年,可是老百姓主动增加民族凝聚力、亲和力的节日!

因此,对于年,我们只能加强它,不能简化它、淡化它。2006年,春节被列入首批国家级非物质文化遗产。艺术遗产传承者是艺人，节日遗产传承者是全民。要传承好节日传统，就要遵从文化规律，顺乎民情，合乎年俗内涵。如此，才能使优秀春节文化得到真正继承与弘扬。几年前，春节假期的调整让大多数人得以在除夕夜阖家团圆，这就是对春节文化的遵从与加强。传统意义上的春节最重要的当数除夕。这一天是一年之中最后的时光，是最具生命情感的日子，因此一定要和亲人团聚一起：陪伴生养自己的父母过年，有如依偎着自己生命的根与源头；和同一血缘的家人枝叶相拥，尽享亲情。为此，春运才有如此磅礴的力量。由故土、血缘、乡情汇集而成的巨大磁场，遍布大地山川每个城市和村庄。让这磁场产生效力与魅力的，既是感情的力量也是文化的力量。

年文化不是哪一天建立起来的，它是在数千年历史中经过长期创造、选择和积淀而成的，大量、密集的民俗如五彩缤纷的节日活动、难以计数的吉祥图案，共同构筑起年的理想主义景象。它既有视觉的（颜色与图像）、听觉的（鞭炮声与拜年声），又有味觉的（应时食品）、嗅觉的（香火和火药），年文化占有我们所有感官直至心灵，并深深留在我们民族记忆里。由此我们懂得，真正的文化不在于用金钱造势，而在于是否浸入人的心灵和血液之中。

年俗，正是年文化的具体载体。人为地简化或淡化年俗，是文化上的怠慢与缺失。以除夕来说，除了年夜饭，还有许多传统活动应在这一天进行。中国人的传统是敬畏天地的：我们生活的一切受惠于天地，自然心怀无尽感激；天地有自己的规律与特性，不能违反；天地奥秘之于人类，还有很多尚未可知。

因而，按照传统习俗，要在除夕这一天恭恭敬敬地拜一拜天地、祖先、亲人、师长，表达虔敬天地、善待万物、感恩生活、庄重迎新的态度。

我们所以感到年味儿淡薄，正是传统年俗日益消减所致，而不是因为年的情结淡漠，后者从大家置办年货的红火、春运大潮的涌动就可以看出。"旧"年俗所以被淡化乃至被摒弃，一是外来文化和流行文化冲击；二是生活方式多样化，很多人不愿再遵循繁缛习俗；三是现代人缺少对年文化的充分了解和认知。于是，种种传统年俗被一样样地从春节中"撤出"，以至春节竟被调侃为"大周末"——缺少年意、缺少年味——恐怕这是当代中国人深深的集体失落！不仅年俗，当一种生活成为过去，它遗留的风俗不再是生活方式，而是文化方式；它不是物质载体而是精神载体。一个民族最纯粹的文化，往往就活生生地保留在风俗中。因而，风俗不但不应被盲目破除，反而要被审慎对待乃至放置保护之列。

与此同时，我们应积极构建当代年俗系统，使我们的年浓郁、美满、充满魅力地传衍下去。这一构建，需从节日生活中自然而然地产生出来，不是盲目创新。试想，若将春节鞭炮声换成《蓝色多瑙河》旋律，将圣诞老人换成老寿星或财神爷，人们能否接受？多年前，有记者在天津天后宫年货市场上采访我，问我天津老百姓怎么过年。我顺手从剪纸摊上拿起一个小福字给他看，有多小？只比大拇指指甲大一点儿。记者问：这么小的福字贴在哪？我说贴在电脑上。过年时将这小福字往上一贴，年意顿时来了。这种微型福字过去是没有的，这是源自传统的再创造，也为当代节日生活所需。

　　团圆、和谐、富足，年是人生中一年一度用尽全力实现出来的生活理想！把生活理想化，把理想生活化，是中国人特有的年文化心理，充分表达人们对生活的热情与希冀。中国人每过一次年，就深化一次民族的亲和力、凝聚力，也就是加强民族的生命力。因此，每逢过年，我都会觉得土地是热的，都会感到民族这个概念变得更实在、更动情。我会习惯地把屋中西洋风味的陈设收一收，将应时的年节物品花花绿绿地摆出来。还会把自己的画也摘下来，换上珍藏的古版杨柳青年画。我想从中重温祖祖辈辈的生活方式，体验他们对生活独有的深挚情感，感受中华大地深厚的文化底蕴与朗朗精神。

　　相信只要我们的传统文化根脉在接续，只要我们对美好生活的向往与追求紧拥不弃，年的灯笼就一定会在大年根儿红红地照亮！

2018年2月13日《人民日报》记者采访整理

年文化纵横谈

很高兴今天有一个机会,通过网络在线和大家谈一个话题,就是过年的话题。这是大家现在感兴趣的一个话题。因为现在大年迫近,这是一个热门的话题。

春节这个话题太博大、太丰富,涉及方方面面,从哪儿谈起来都会津津有味,就从今天谈起吧。

一

今天腊月二十三,祭灶的日子,是春节前沿一个重要的日子。俗称"小年"。腊月小年,正月还有个小年,是正月初五。

春节还有更早的日子,第一个送来春节讯息的是腊八。嘴唇一沾又黏又稠香甜好吃的腊八粥,立刻知道年要来了,尽管这时候离除夕还有二十多天。

到了腊月二十三祭灶日，年的筹备到了加紧的时候。开始"忙年"。忙年就是为年而忙起来。

祭灶源于先秦时代对火的崇拜。家中用火做饭的地方是灶台，祭灶时敬祀的神仙是灶君，供品是香脆可口的糖瓜。天津

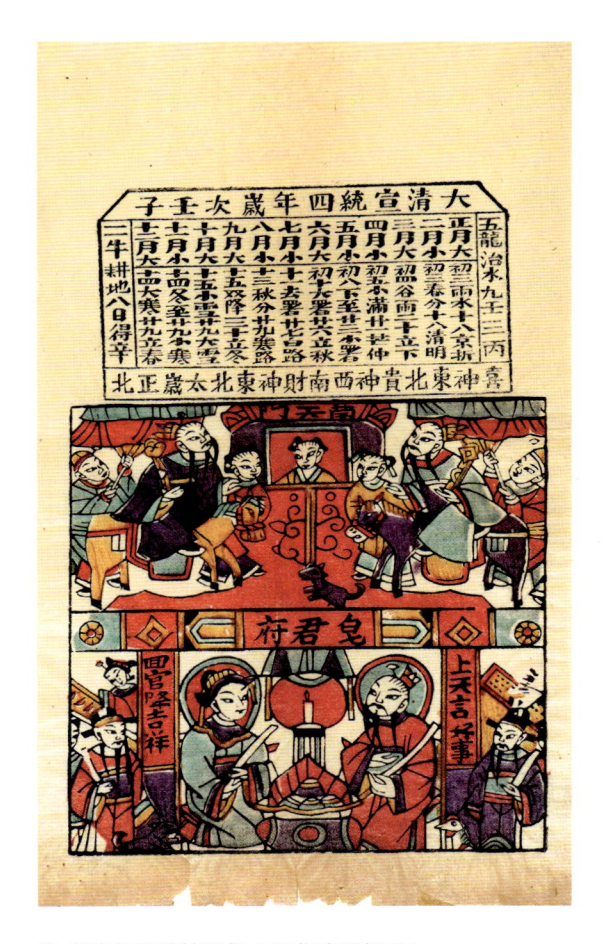

◎ 宣统年间的灶君像（河北武强年画）

本地在乾隆年间的时候是二十四祭灶，没有人考证清楚什么时候改成了腊月二十三，反正现在天津、北京、山西、河北、河南基本都是二十三祭灶，南方二十四比较多。以前祭灶这天很重要，上世纪老式的灶台不用了，这个日子的重要性差一些了。但是这天作为"忙年"的首日，没有改变。该忙的一定要忙起来。

比方尽快准备好各种衣食物品。从腊月二十三到除夕，天天都有事干。二十四是扫房子。扫房子就是做一次翻箱倒柜的大扫除，把家具全挪开，将各个犄角旮旯的弃物和尘土全打扫出来，收拾得窗明几净，干干净净过大年。

扫完房子以后，各地的说法都不一样。北方二十五这天是炖豆腐，炖豆腐需要很长的时间，"千滚豆腐万滚鱼"。

然后，年一天天近了，各种事都要抓紧，最主要是备好除夕的年夜饭。年夜饭是年的重头戏。所以"二十六去买肉""二十七宰公鸡""二十八把面发""二十九蒸馒头"，三十就是大过新年了。这一套实际是有序和安排好的，但也不那么严格。最重要的是把"年"的鼓点敲起来，一步步增加年的气氛。

二十九这天，天津还有个自己的说法，叫"二十九贴道酉"。酉是"天天都有"，含有祈福的意思。这天，大门贴门神，门两边贴春联，门窗上楣贴吊钱，窗边贴窗旁，屋内贴年画，内门贴娃娃，水缸上边贴缸鱼，屋内箱子柜子门儿上倒贴福字，表示福"到"了。

这时家家户户都冒出炖肉和煎鱼的香味儿，年已经敲门了。

二

年，我们中华民族的传统节日。

西方人也有年，叫"新年"，我们也过新年。这就是说中国人有两个年，一个是跟西方一样的新年，一个是传统的年。这两个都跟历法有关系。新年用公历，我们传统的年用的是农历，农历的年现在叫"春节"。

"春节"这个称呼出现得很晚，已经到了民国的时候。当时世界很多国家都采用公历纪年。1912年国民政府确定使用公历，每年1月1日就是新年（元旦）。同时，把我们祖祖辈辈过的农历的年，改称"春节"。记住，"春节"这个称呼1912年才有的。春节就是传统的年。

历史上，年的具体的日子几经变动。最初不固定，夏朝定为农历正月初一过年；商朝改为十二月初一；周朝的年又改在十一月初一；秦始皇的时候改到十月初一过年。后来汉武帝制定《太初历》，重新把年拉回到农历的正月初一。从汉代直到民国两千多年，年一直是正月初一。

虽然国民政府把传统的年改称为"春节"，但是老百姓对年的记忆已经进入血液，每到年时，不说"春节"，仍说"过年"。那几天不说公历，仍说初一初二初三，直到初五。从民国元年到现在一百多年，一直是"过年"。为什么？有人说是习惯，习惯也能遗传吗？这是民俗的力量，文化的力量。文化的力量有这么大？这个问题非常值得我们思考。

三

刚刚谈到关于年的记忆，除去文化的力量，还有一个特别重要的因素，就是农耕的原因。我们是农耕古国，时间有多长？陕西半坡农耕遗址是六千年，浙东河姆渡农耕遗址是七千年，最近宁波发现的井头山遗址还要古老。农耕最重视年，因为农耕生产从播种到收获一个周期是一年。一年之中，先后四季，万物生灵，一岁一枯荣，这是自然规律。人的生产必须依从这个规律，就是春播、夏耘、秋收、冬藏；这是生产的规律。完成这个规律，也就完成了一年的劳作，有了收获。自古以来，人们就是在这样的大自然的规律与生产的规律中生存下来的。

几千年里，日复一日，年复一年，循环往复。农耕生活就是和土地打交道、跟大自然打交道。大自然有时风调雨顺，有时日曝风寒。人们靠天吃饭，对大自然充满敏感，充满敬畏。所以每当新年到来，这种敬畏的心理便尤为突出，同时祈望新的一年天安地宁、人寿年丰。这些心理和感情都要通过年俗表达出来，通过一个个文化或艺术的方式创造出来，有的是好画，有的是好听的歌，有的是好看的舞蹈，有的是美食，有的是庄严的敬神仪式。凡是被大家认可和认同的，便被一代代相传下来，成为年俗。

由于农耕历史太久，这种美好的民俗不断添加，愈来愈多，愈来愈密集。而且年是在农闲时候,年的时间就愈来愈长,以致从头年的腊月到转年的正月十五全是年的"节日时间"。而过年又是全民共同参与,无一例外,世界还有哪些节日文化能有这样的体量和分量?

最大的分量,还是过年的内涵。前边说了,过年绝不是单纯地追求快乐,更不是一些娱乐日,而是人们尽情表达生活理想和生活情怀的日子。在长长的农耕时代,愈是现实得不到的,内心就愈渴望,这种渴望的极致就是——金玉满堂和五谷丰登。可以想象,当它成为年的盛情时,一年一度在全民身上一起爆发出来——会是多大的分量?别说理想是一种空望,在艰苦和漫长的农耕历史中,它是潜在人们身上鼓舞人们生存下来的一种强大而无形的力量。

四

年文化最深刻的存在是年心理,这种心理是一种文化心理。比如,我们都有一个年心理,就是"必须过好年";因为我们已经把年当作一种新生活的预示了。过年的时候,必须吃好、喝好、穿好,快乐甚至尽兴。流传在古代民间的童谣"新年到、新年到,小姑娘戴花,小小子放炮,老头子要戴新毡帽,老婆子捧着大花糕",便是贫瘠岁月过年的理想生活。人们对自己的要求是:一定把年过好,不能过差,更不能过坏。这样,禁忌心理就出现了,比如:

◎《爆竹除旧庆升平》 1950　丰子恺作

　　过年时要和谐欢乐，禁忌吵嘴打架，忌讳哭，小孩有错也不能打骂，相互之间不高兴的话不能说，有脾气不能发，不能追债要账，身有孝者不能拜年。

再比如颜色忌白。在中国文化中白是做丧事的颜色，年不能用白色，要用大红色。大红色喜庆、热烈、辟邪。大红便成了年的主色或标志色，也是结婚的标志色。

　　除去忌白，还要忌讳一切不好的事，比如碗打碎了，要马上说"岁岁平安"（碎与"岁"字谐音），用谐音的吉祥话把不好的事遮盖住。吉祥话在这时候招人喜欢，故而每逢年时便有大量吉祥话语冒出来，"见面发财""步步高升""吉星高照""紫气东来""喜气盈门""财源滚滚""万事如意"等等，这是听到的。看到的全是吉祥图案，这种图案常常也用谐音，比如与"福"谐音的蝙蝠、与"平安"谐音的花瓶、与"马上封侯"谐音的骏马、蜜蜂与猴子，与"连年有余"谐音的莲花与鲤鱼等等。这种图案，不识字的百姓也人人知道，喜闻乐见。

　　于是过年时，吉祥话语不绝于耳，吉祥图样随处可见，它们把人包围起来；人们给自己营造了一个近于浪漫的环境氛围。而且这种谐音方式又具艺术性、趣味性和智慧，使年非常美好，非常丰富，非常特殊。

　　年文化是中国人创造的文化，是一种带有强烈理想主义色彩的文化。从年的色彩、形象、方式、活动到语言和心理，是一个体系。它把人的情感、生活、时间，与天地、大自然，与生命和未来紧紧而温暖地融合在一起，贯注到节日中，使年——春节有着无可估量的生命力与魅力。

2022年1月24日天津大学"空中讲堂"线上讲座

春节是中华民族最具生活情感
与生活理想的节日

　　在中国人过的所有传统节日中，春节是中华民族最具生活情感与生活理想的节日。因而，过春节具有更加特殊的意义。

　　中国是农耕古国。农耕生产依从着大自然节律，即春播夏耕秋收冬藏，而生活的规律又与生产节奏一致。为此，人们就分外看重一年一轮、冬去春来的时间节点——年。每逢过年，便把对新的一年的热望都释放出来。日久年长，渐渐积淀为年的文化与风俗。从每年的腊八开始，到正月十五，近四十天的时间里，我们形成了一整套年俗：打扫房子，置办年货，贴上福字、春联等装饰，随后便迎来最重要的年夜饭，还有拜年、逛庙会、玩社火、闹元宵……整个节日，就像一场生活大戏！

　　经过几千年创造和传承的年，包罗了丰富的中华优秀传统文化，体现中国人可爱可敬的精神向往与民族性情。它就像一

◎ 春节挂的牌子

把钥匙——只要一进入春节，就知道中国人是怎么回事了。作为一名作家，我控制不住地想要写出这股生活的劲头。作为一名民间文化遗产保护工作者，我更感到应该好好传播春节文化。

春节的文化，如此深厚与斑斓，在我看来，三个主题最为关键：团圆、祈福和迎春。

团圆，是春节的第一主题。阖家团聚是中国人的梦想。诚然，团圆也是其他一些传统节日的主题，比如中秋。但由于春节还是一种标志着生命消长的节日，对团圆的心理需求就来得分外深切。因此，团圆一定要在除旧迎新的大年之夜来实现。这种团圆的情怀使得腊月里中华大地汇聚起情感的磁场。每当看到春运回家路上的人们，我都会为年文化在中国人身上如此刻骨铭心而感动。还有哪一种文化能够一年一度调动起如此庞大、浩瀚、动情的人们？能够凸显故乡和家庭如此强大的凝聚力？从这一点上来说，年是抚慰人们乡愁的最温暖的日子。

　　福字，是最有代表性的春节符号。大门上贴的，吊钱上刻的，窗花上剪的，礼盒上印的，处处都是福字。吉祥的汉字那么多，一到春节，人们只对福字情有独钟。福是好事情，也是好运气。再没有一个字能像福字，蕴含着人们对幸福生活强烈的渴望。传统农耕社会，一年伊始、万象更新，是对未来所有美好期待的开端，"祈福"便成为春节不可缺少的仪式。

　　广义的春是新生活的开始，所以，祈福的内容也包含着迎春的意味。但迎春还有另一层意味，是迎接大自然新的馈赠，体现了对天地自然的敬畏。人们在春节，呼唤春、期待春、迎接春，因而称门联为"春联"，称酒作"春酒"，甚至在红纸上书写一个大字"春"，贴在大门上。迎春，体现中国人追求"天人合一""人与自然和谐共生"的传统哲学精神。

　　可以说，春节的这三个主题，寄托着中华民族独特的精神情感基因。

　　这些年来，不断有人说"年味儿淡了"。我也一度非常忧心。但近几年，我反倒放下心来了。让我们来做个盘点吧！

从腊八到之后的忙年，再到元宵，我们春节的一整套民俗不基本都还在吗？只不过，由于生活方式的种种改变，一些民俗演变出了新的形式。比如拜年，从过去的登门拜年变成后来的电话拜年、短信拜年，到现在又出现了微信拜年、短视频拜年。张贴年画的或许少了，但福字依然是家家户户都有的。祭灶的仪式很难见到了，但我注意到，在一些年货礼盒里，灶王爷的形象被做成了冰箱贴，直接"坐镇"起厨房来了。现在，生肖文化跟春节文化结合起来，生肖图案也成为年节装饰品的重要元素。

民俗的形式虽然在变，过年的心理需求却始终如一。所以我说春节是真正融入中国人血液里的一个节日。

那我们能够为春节做点什么呢？

可以多做一点知识的普及。前些年，福字倒贴的风气流传开来，我赶紧写了好几篇文章，告诉大家福字为什么不能倒贴，什么特殊情况下福字可以倒贴，有什么样的寓意。这是我们学者应该讲明白的。我也一直想写一本给孩子们的节日读本，用文学的笔法传达节日蕴含的文化之美，丰富他们的节日体验。再有，便是推进传统民俗文化与现代生活方式更好地衔接。比如，过去的大门是两扇，现在大都为单扇门了，春联怎么贴？什么材质的窗花更便于清理？春节那么多吉祥图案，怎么转化才能更适合现代家庭的装修风格？等等。现在已经有不少出色的文创产品，还需要更多年轻设计师的参与。近年来，年轻人越来越关注和喜爱传统文化，从事非遗保护的年轻志愿者越来越多。这是特别让人欣慰的事。

如今，春节在世界上的影响力也越来越大了。就在2023年底，春节成了联合国假日。我相信，春节的文化魅力会感染更多人，春节文化一定会在未来散发出更加夺目的光彩。

2024年2月13日《人民日报》周飞亚采访整理

何以春节?

2025年蛇年,我们将迎来第一个世界非遗版春节。"春节"为何能成为赓续不绝、历久弥新的文化符号?该遗产项目列入人类非物质文化遗产代表作名录,对中华文明有何意义,又将如何影响世界?围绕这次成功申遗,齐鲁晚报·齐鲁壹点记者采访了著名作家、文化学者、国家非物质文化遗产名录专家委员会主任冯骥才。

春节的"朋友圈"在扩大

"百节年为首"。作为中华民族最重要的传统节日,春节基于中国人在漫长的农业生产生活中对自然、社会的认识,承载着中华文化所蕴含的丰富的习俗仪礼、技艺与知识,表达了中国人对美好生活的追求。

在联合国教科文组织官网公布的关于春节申遗文件中，著名作家冯骥才的专家知情同意证明被作为一项重要推荐材料。他在文中讲述了自己对于春节的理解："我的祖祖辈辈一直把春节当作一年一度最重要、最期待、最美好的节日。中国农耕社会古老而漫长，人们生活和生产的节律依从大自然的规律与季候。春节处在旧的一年离去、新的一年到来的时候，此时人们对新生活充满梦想与希冀，故而创造出一整套异彩纷呈、极具魅力的风俗和民艺，以贺新年。春节是熟悉和认知中国人最直接的文化窗口，是最具中华文化的传统节日。"

在这份材料中，冯骥才也提到了自己三十年来志愿做春节遗产的保护和弘扬工作。比如他关于春节除夕放假的提案得到了国家的采纳，组织了为期十年的年画普查，完成了所有重要年画产地的档案采集和编制，建立了中国木版年画数据库等。今年冯骥才还推出了《非遗学原理》《年画传奇》等非遗内容的著作。

在以民俗学者为代表的社会各界人士积极奔走下，2006年，春节被列入国务院公布的第一批国家级非物质文化遗产代表性项目名录；2023年8月，"春节——中国人庆祝传统新年的社会实践"入列联合国教科文组织《人类非物质文化遗产代表作名录》申报名单；2023年12月，第78届联合国大会协商一致通过决议，将春节（农历新年）确定为联合国假日；2024年12月4日，我国申报的"春节——中国人庆祝传统新年的社会实践"，列入联合国教科文组织人类非物质文化遗产代表作名录。

随着中华文化海外传播范围的日趋扩大,春节在全球的影响力也日益提升,"中国年"升级为"世界年",中国春节的"朋友圈"在不断扩大。

最具生命情感的日子

春节被描述为一个跨越时间、凝聚情感的节日。"春节在中国农历第一个月的第一天标志着新一年的开始。人们通过各种社会实践活动,迎接新年,祈求好运,庆祝家庭团聚,促进社区和谐。这一过程被称为'过年'。"在申遗文本中,这份描述深刻揭示了春节与中国人深厚的情感和文化认同之间的紧密联系。

在冯骥才看来,春节是中华民族最大的非物质文化遗产。为了中华民族的振兴,中国的文化遗产需要被人们深刻认识,唯此才能产生文化的自觉和自信。"作为一名作家,我控制不住地想要写出这股生活的劲头。作为一名民间文化遗产保护工作者,我更感到应该好好传播春节文化。"

冯骥才指出,中国是农耕古国。农耕生产依从着大自然节律,即春播、夏耕、秋收、冬藏,而生活的规律又与生产节奏一致。为此,人们就分外看重一年一轮、冬去春来的时间节点——年。人与自然的关系是"天人合一"的。但人们还要在平淡的日常里创造一些"高潮"——那就是节日。比如每个季节都有一个重要的节日,清明、端午、中秋、春节,分别对应春夏秋冬。历代诗人写过无数诗句，吟咏这些节日，从中能感受节日里充满人们对大自然的敏感和情怀。

"在这些节日里，年又有特别的意义，"冯骥才说，"四季周而复始，一年轮回往复，年是前一个轮回的结束，又是新一个轮回的开始。站在这个大自然生命的节点上，对着眼前大把空白的日子，人们充满了希望、梦想、期待，于是就产生了一种特殊的心理——年心理。"每逢过年，人们便把对新的一年的热望都释放出来。日久年长，渐渐积淀为年的文化与风俗。从每年的腊八开始，到正月十五，近四十天的时间里形成了一整套年俗：打扫房子，置办年货，贴上福字、春联等装饰，随后便迎来最重要的年夜饭，还有拜年、逛庙会、玩社火、闹元宵……整个节日，就像一场生活大戏。

在散文《除夕情怀》中，冯骥才回忆了自己在某年除夕夜筹备年夜饭时因缺少一瓶酒而急切外出求购的往事。这一晚，商店几乎全上了门板，作者骑着自行车寻了很远的路，发现一个家庭式的小杂货铺还亮着灯。他的一句"我就差一瓶酒了"，让本已闭门谢客的老板立刻拉开窗子，递出了一瓶酒。于是冯骥才感怀道："年，真的是太美好的节日、太好的文化了。在这种文化氛围里，人人无须沟通，彼此心灵相应。"因此，在他眼中，"除夕是中国人最具生命情感的日子"。

团圆、祈福和迎春最关键

春节的文化，如此深厚与斑斓，在冯骥才看来，三个主题最为关键：团圆、祈福和迎春。团圆，是春节的第一主题。阖家团聚是中国人的梦想。诚然，团圆也是其他一些传统节日的主题，比如中秋。但由于春节还是一种标志着生命消长的节日，对团圆的心理需求就来得分外深切。"因此，团圆一定要在除旧迎新的大年之夜来实现。这种团圆的情怀使得腊月里中华大地汇聚起情感的磁场。"

福字，是最有代表性的春节符号。大门上贴的、吊钱上刻的、窗花上剪的、礼盒上印的，处处都是福字。吉祥的汉字那么多，一到春节，人们只对福字情有独钟。福是好事情，也是好运气。再没有一个字能像福字，蕴含着人们对幸福生活强烈的渴望。传统农耕社会，一年伊始、万象更新，是对未来所有美好期待的开端，"祈福"便成为春节不可缺少的仪式。

"广义的春是新生活的开始，所以，祈福的内容也包含着迎春的意味。但迎春还有另一层意味，是迎接大自然新的馈赠，体现了对天地自然的敬畏。"人们在春节，呼唤春、期待春、迎接春，因而称门联为"春联"，称酒作"春酒"，甚至在红纸上书写一个大字"春"，贴在大门上。"迎春，体现中国人追求'天人合一''人与自然和谐共生'的传统哲学精神。"可以说，春节的这三个主题，寄托着中华民族独特的精神情感基因。

冯骥才告诉记者,年文化不是哪一天建立起来的,它是在数千年历史中经过长期创造、选择和积淀而成的,大量、密集的民俗如五彩缤纷的节日活动、难以计数的吉祥图案,共同构筑起年的理想主义景象。对于中国人而言,春节并不只是一个单纯标在历法上的特殊日期,而是千百年来,千千万万中国人在实践中塑造出来的文化综合体。

年俗,正是年文化的具体载体。"以除夕来说,除了年夜饭,还有许多传统活动应在这一天进行。中国人的传统是敬畏天地的:我们生活的一切受惠于天地,自然心怀无尽感激;天地有自己的规律与特性,不能违反;天地奥秘之于人类,还有很多尚未可知。因而,按照传统习俗,要在除夕这一天恭恭敬敬地拜一拜天地、祖先、亲人、师长,表达虔敬天地、善待万物、感恩生活、庄重迎新的态度。"

积极构建当代年俗系统

冯骥才认为,年俗的形式虽然在变,过年的心理需求却始终如一。人们之所以感到年味儿淡薄,正是传统年俗日益消减所致,而不是因为年的情结淡漠,后者从大家置办年货的红火、春运大潮的涌动就可以看出。据相关数据,2023年春运期间全社会人员流动量约47.33亿人次。每每望着人满为患的机场、车站和排成长龙的购票队伍,冯骥才总会为"年文化"在中国人身上的这种刻骨铭心而感动。"还有哪一种文化能够一年一度调动起如此庞大、浩瀚、动情的人们？能够凸显故乡和家庭如此强大的凝聚力？从这一点上来说，年是抚慰人们乡愁的最温暖的日子。"

"从腊八到之后的'忙年'，再到元宵，我们春节的一整套民俗不基本都还在吗？只不过，由于生活方式的种种改变，一些民俗演变出了新的形式。比如拜年，从过去的登门拜年变成后来的电话拜年、短信拜年，到现在又出现了微信拜年、短视频拜年。张贴年画的或许少了，但福字依然是家家户户都有的。祭灶的仪式很难见到了，但我注意到，在一些年货礼盒里，灶王爷的形象被做成了冰箱贴，直接'坐镇'起厨房来了。现在，生肖文化跟春节文化结合起来，生肖图案也成为年节装饰品的重要元素。我们应积极构建当代年俗系统，使我们的年浓郁、美满、充满魅力地传衍下去。"冯骥才说。

在《春节是中华民族最大的非遗》中，冯骥才强调了传统节日研究保护的紧迫性，"抢救非物质文化遗产，不仅要救山村乡野里那些有失传危险的古老艺术，也要救人们不经意中可能丢失的'年味儿'"。与很多非物质文化遗产不同，每一个中国人都是春节的传承者。

2024年12月6日《齐鲁晚报》刘宗智

理解春节文化，才能更好认识我们的民族

"春节是最具中华文化特性的传统节日，是中华民族的伟大文化创造与最大的非物质文化遗产，是熟悉和认知中国人最直接的文化窗口，最能体现中国人的精神追求和生活情感。"12月4日，春节申遗成功的消息传来，作家、学者冯骥才三十多年来一直志愿从事非物质文化遗产保护和弘扬工作，是春节申遗发起者之一，对此他感到无比兴奋。在他看来，春节成为"人类的瑰宝"，不仅使全体中华儿女的希望成为现实，也一定会有助于外国朋友对中国的认知与友好，增添中华民族自身的文化自信与凝聚力，深化春节文化的传承。

"中国人祖祖辈辈都过年，但'春节'这个叫法却是一百多年前才有。"冯骥才说，1912年，民国政府推行公历，把公历1月1日定为新年的第一天，但老百姓还是习惯按照旧历过年，把农历正月初一称作"春节"，究其原因，还在于中华民族几千年来形成的春节文化的强大凝聚力。春节时处大自然四季周而

◎ 年来了

往复的节点，也是生活阶段性的起点，是未来一年生活的象征。几千年来，中国人站在大自然生命的节点上，面对一个轮回的结束与又一个轮回的开始，心中的寄寓与祈望来得异常深切，民族特有的情怀也分外张扬。而这种强烈的、理想的、热情的希望、梦想与期待，也逐渐形成了中国人特有的年节文化，并以此把中华大地变成了凝聚中华民族的巨大情感磁场，焕发出无比强劲的情感力量、文化力量。

"只有从文化上、精神上去理解春节文化,才能更好认识我们的民族。"冯骥才认为,节日的本质就是人们的精神生活。在中国,所有民俗节日都蕴含着情感的表达,而春节尤其是一个理想化的节日,它饱含着中国人对幸福生活强烈的渴望与梦想,是文化含金量最高的节日。比如人们对幸福、平安、和睦、健康、圆满,以及家庭团圆的理想,对祥和、丰收、平安、富贵等人们生活最切实的愿望,也传达了中国人对过往生活的一种留恋、追溯与享受。春节的主题经过全民族的共同创造与认定,约定俗成,成为年俗。比如春节回家过年就满足了中国人渴望团圆的情感需要,形成了磅礴的春运现象。还有团圆饭、拜年等千百年来中华民族集体创造并传衍至今的一系列民俗,都表达与宣泄了中国人心中的亲情、乡情与怀旧之情。"年俗表达了中华民族集体的精神情感,一年一度增强着民族自我的亲和力与凝聚力,是中华民族五千年生生不息的重要原因之一。"

为更好地传承弘扬春节文化,冯骥才曾提交关于"春节除夕放假"的提案并得到了国家的采纳;作为作家,多年来他还写了许多关于春节的散文、小说以及对春节价值进行思辨的文章,主编了普及性读物《我们的节日·春节》,并在大学培养了许多研究春节文化与艺术的研究生,等等。为保护古老的年画艺术,他进行了为期十年的年画普查,建立了中国木版年画数据库和研究中心,完成了重要年画产地档案的采集和编制,还创造性地举办过国际性年画节,邀请全国各年画产地的代表参展并进行学术研讨,让被时间埋没的艺术重新焕发出新的光芒。年画节上,观众不仅能了解木版年画复杂精湛的技艺,节展期间，中幡、风筝魏、捏粉、书春、刘海风葫芦、石头门槛素包、面具刘、桂发祥麻花、栾记糖画、玉丰泰绒纸花等津地传统民间文艺，以及津沽特有的戏园文化也得到了精彩完整的呈现，带动起天津各县纷纷复苏自己的年俗节目。有人问起冯骥才，做文化保护工作的动力来自哪里，他回答说："是作家的情怀。在作家眼里，民间文化就是人民美好的精神生活及其情感表达方式。"

近年来，"年味儿淡化"成为社会关注的热点，冯骥才对此也多次公开表达他的思考与建议。他认为，年味儿淡薄的原因一是外来文化和流行文化的冲击，二是生活方式多样化，很多人不愿再遵循繁缛习俗，三是现代人缺少对"年文化"的充分了解和认知。在他看来，当一种生活成为过去，它遗留的风俗就从生活方式变为了文化方式，从物质载体变成了精神载体，而"一个民族最纯粹的文化，往往就活生生地保留在风俗中"，因此我们更应审慎系统地对待与保护春节文化。

"每一次过年，都是一次民族文化的大发扬、一次民族情结的加深，也是民族亲和力的自我加强。"冯骥才表示，今后将进一步致力于宣传春节的意义和价值的工作，促使全民更加自觉地做春节文化遗产的主人，让全社会自觉成为传统节日的传承人。在深化春节文化的传承与节日幸福感方面，他建议政府可进一步鼓励社区、单位举办丰富多彩的活动，营造"年"的氛围；知识界也应大力保护和支持民间保持活态的各类年俗，在节日里弘扬节日、体验传统文化并努力创造新的节日文化。同时，我们还要更加重视在学校教育中增加以春节为代表的传统节日文化内容，让传统进入孩子的情感、心灵与记忆，激发全社会共同努力构建当代年俗系统，促进传统科学地融入当代生活，使春节文化浓郁、美满、充满魅力地传衍下去，让春节这一中华民族特有的文化奇葩永久开放。

2024 年 12 月 16 日《文艺报》路斐斐

图书在版编目（CIP）数据

过年书 / 冯骥才著． -- 北京：作家出版社，2025.1.
ISBN 978-7-5212-3266-0

Ⅰ．I267

中国国家版本馆CIP数据核字第20254PW571号

过年书

| 作　　者：冯骥才 |
| 策划编辑：钱　英 |
| 责任编辑：省登宇 |
| 装帧设计：TT Studio |
| 封面插图：杨柳青木版年画缸鱼（作者王学勤） |
| 出版发行：作家出版社有限公司 |
| 社　　址：北京农展馆南里10号　　邮　　编：100125 |
| 电话传真：86-10-65067186（发行中心） |
| 　　　　　86-10-65004079（总编室） |

E-mail:zuojia@zuojia.net.cn
http://www.zuojiachubanshe.com

| 印　　刷：北京博海升彩色印刷有限公司 |
| 成品尺寸：145×210 |
| 字　　数：170千 |
| 印　　张：9.25 |
| 印　　数：001—10000 |
| 版　　次：2025年1月第1版 |
| 印　　次：2025年1月第1次印刷 |
| ISBN 978-7-5212-3266-0 |
| 定　　价：58.00元 |

作家版图书，版权所有，侵权必究。
作家版图书，印装错误可随时退换。